失格紋の最強賢者
～世界最強の賢者が更に強くなるために転生しました～
著 進行諸島
ill. 風花風花

「――よし、当たりだ」
未来の少年へ転生したマティアスの腕には、
念願の紋章――《第四紋》が刻まれていた。

うーん、
この店の品ぞろえも
大したことないな……
(――って、か、かわいい!!)
マティアス

ルリイ
アルマイト

戦闘が、下手なんだよッ！

!?
マティアスが
無防備になったデビリスへと、
【魔法破壊】を撃ち込む!!

Contents

失格紋の最強賢者
～世界最強の賢者が更に強くなるために転生しました～

Shikkakumon no Saikyokenja

失格紋の最強賢者

～世界最強の賢者が更に強くなるために転生しました～

Shikkakumon no
Saikyokenja

しっかくもんのさいきょうけんじゃ

著 進行諸島

ill. 風花風花

Story by Shinkoshoto
Illustration by Kazabana Huuka

紋章辞典 Shikkakumon no Saikyokenja

◆第一紋《栄光紋》 えいこうもん

ガイアス（転生前のマティアス）に刻まれていた紋章で、生産系に特化したスキルを持つ。武具の生産だけではなく、食料に関する魔法や魔物を避ける魔法など、冒険において不可欠な魔法にも長けているため、サポート役として戦闘パーティーにも重宝される。初期状態では戦闘系魔法の使い手としても最強の能力を誇るが、その後の成長率や成長限界が低いため、鍛錬した他の紋章の持ち主には遥か及ばない（ガイアスを除く）。ガイアスのいた世界では８歳を過ぎる頃には他の紋章に追いつかれ、成人する頃には戦力外になっていたが、現在の世界（マティアスの転生先の世界）では魔法レベルが前世の８歳児よりも低いため、依然として最強の紋章として扱われていて、持ち主も優遇されている。

第一紋を保有する主要キャラ：ルリイ、ガイアス（前世マティアス）、ビフゲル

◆第二紋《常魔紋》 じょうまもん

威力特化型の紋章で、初期こそ特筆すべき点のない紋章だが、鍛錬すると使役する魔法の威力が際限なく上がっていくため、非常に高火力の魔法が放てるようになる。ただ、威力が高い代わりに、魔法を連射する能力はあまり上昇しない。弓などに魔法を乗せて撃つことで、貫通力や威力をさらに上げることができる。他の紋章でも同じことは可能だが、射程距離や連射速度について、第二紋の持ち主には遠く及ばない。現在の世界においては、持ち主はごく普通の人物として扱われている。

第二紋を保有する主要キャラ：アルマ、レイク

◆第三紋《小魔紋》 しょうまもん

連射特化型の紋章で、初期状態では威力の低い魔法を放つことしかできないが、鍛えることで魔法の威力と連射能力が上がり、一気に畳みかける必要がある掃討戦などにおいて高い力を発揮することができるようになる。現在の世界では紋章の種類によって連射能力の変わらない詠唱魔法を使うことが主流になっているため、その特性を正当に評価されず、第四紋《失格紋》ほどではないが、持ち主は冷遇されている。第二紋の持ち主のように弓に魔法を乗せることも可能だが、弓に矢をつがえて撃つまでに掛かる時間が魔法が発動するより長いため、実用性はやや低め。

第三紋を保有する主要キャラ：カストル

◆第四紋《失格紋》 しっかくもん

近距離特化型の紋章で、魔法の作用する範囲が極めて短いため、基本的に遠距離で戦うには不向き（不可能）だが、近距離戦においては第二紋《常魔紋》のような威力と第三紋《小魔紋》のような連射性能、魔法発動の速さを兼ね備えた最強火力となる。ただ、その恩恵にあずかるには敵に近づく必要があり、近接戦を覚悟しなければならないため、剣術と魔法が併用できる必要がある。最も扱うことが難しい紋章。

第四紋を保有する主要キャラ：マティアス

プロローグ prologue

Shikkakumon no Saikyokenja

「二十七秒四十二――ダメだな」

俺《おれ》ことガイアスは、落胆とともにつぶやいた。

目の前に転がっているのは、三つの国を滅ぼし、世界最強とまで言われていた龍『神滅の巨龍』の死体だ。

焼け焦げ、潰《つぶ》れて原形をとどめなくなった今でも高さは二十メートル近くあるので、転がっていると言うには、少しばかり大きすぎるかもしれないが。

そして二十七秒四十二というのは、俺がそれを倒すのにかかった時間である。

――遅い。

聞く話によると、空より遙《はる》か上、学者達が『宇宙』と呼ぶ領域には、こいつを遙かに超える魔物が複数存在するらしい。

それも、二倍や三倍の強さではない。体力、防御力だけでも数百倍、攻撃力でいえば、数千倍にも上るといわれる強さだ。文字通り桁《けた》が違う。この程度の魔物に二十七秒もかけているようでは、到底太刀《たち》打ちできない。

そして俺では、たとえ永遠に鍛錬し続けたところで、宇宙の魔物には届かない。

原因は、大きく分けて二つある。そのうちの片方が、俺の持つ『紋章』だ。

『紋章』とは、全ての人が生まれ持ち、持つ者の魔法の性質を決定する最重要因子であり、機能によって四つに分けられる。


そのうちの一つ、『第一紋』こそ俺の持つ紋章であり、同時に最弱の紋章でもある。

どう最弱かというと、成長の余地があまりにも小さいのだ。八歳あたりまでに限って言えば最強の紋章である『第一紋』だが、年齢とともに成長力の差が顕著《けんちょ》になり、成人する頃《ころ》には、他《ほか》の紋章に酷《ひど》い差をつけられてしまう。

どのくらい酷いかというと、名門はもちろん、中堅と呼ばれる魔法学校の全てが、入試の条件として『第一紋でないこと』を提示している。第一紋は門前払いだ。試験さえ受けさせてもらえない。


それでも俺は今、世界最強の魔法使いと呼ばれている。『賢者』だの『戦神』だのと呼ばれたこともあったか。

最弱の紋章から、ここまで来たのだ。俺はどこまでだって伸びると思っていた。

ある時を境に魔力が全く伸びなくなっても、まだ方法はあると、そう考えていたのだ。

しかし、現実は残酷だった。

今の俺を超える戦闘力を得る方法は、確かにいくらでも見つかった。

だがその全ては、四種類存在する紋章のうち、俺が持つ第一紋『以外』に適用可能なものであったのだ。


俺の持つ紋章には、もう発展の余地がない。

成長が止まってからそう気付くまでに、二百年の時を要した。


それから俺が始めたのは、『生まれ持った紋章を変更する』研究だ。

この研究は魔法戦闘に比べ、きわめて簡単だった。

敵を想定する必要も、状況に対応した戦術を組む必要もないのだから。

ゆえにこの研究は、今まで俺が挑戦したものの中で、最短のものとなった。


『人間の紋章を変更することは、不可能である』


この事実を俺が証明するまでにかかった時間は、わずか二日と二時間。

俺はそんな短時間で、自分には成長の余地が残されていないことを証明してしまったのだ。

そうして半ばあきらめながらも、何か起きないかと期待して挑んだのが、今日の討伐である。

俺がおよそ三百年前に封印した魔物をわざと解き放ち、戦ってみたのだ。

何も起きなかった。倒せたことは倒せたが、成長の手がかりがつかめないようでは、全く無意味だと言うほかない。

――だが、あきらめるのはまだ早い。

人間の紋章は生まれた時点ですでに決定しており、後天的な変更は不可能。
これは証明された事実だ。
ならば、生まれ直せばいいではないか。

そのための魔術は、とっくの昔に完成している。
来世に持ち込めるのは記憶だけ、来世の紋章も指定不可能という不完全な魔術だが、記憶さえあれば十分だ。
力は来世で鍛え直せばいいし、もし次も第一紋に生まれ変わるようなら、もう一度同じ魔術を使えばいい。

俺が決意を固めるまで、二秒もかからなかった。

初歩的な魔術を用《もち》い、数少ない知り合いに『転生します。探さないでください』という旨《むね》の手紙をばらまいた俺は、間を置かずに転生用の魔術を起動。
自らの命を奪うその魔法に、躊躇《ちゅうちょ》なく身を委《ゆだ》ねた。

願わくば次の紋章が、第一紋以外でありますように。

……ちなみに俺が強くなれなかったもう一つの理由は、共に戦える仲間がいないせいで、集団戦術が取れなかったことだ。

要するに、ぼっちだったのだ。

第一章

chapter 1

硬いベッドの中で、俺《おれ》は目を覚ました。記憶に少し欠《か》けがあるように感じるが、意識ははっきりしている。

転生はおおむね成功といえそうだ。

そのことに気付いた俺はベッドから飛び降りると、まず自分の左腕に目をやった。

「――よし！　当たりだ！」

そこにあったのは見慣れた第一紋ではなく、第四紋。

近接戦に特化した紋章で、俺の知る限り、単独での魔法戦闘に最も向いた紋章だ。

年甲斐《がい》もなく大声を出してしまった。現世の記憶と前世の記憶が混ざったせいで、気分まで若返ってしまったのだろうか。

いや。前世に引っ張られたという方が正しいな。俺は記憶を思い出したのであって、別に他人の体や意識を乗っ取ったわけではないのだから。本来の年齢は六歳だ。

いつまでも前世を引きずって、年寄りぶるのはやめることにしよう。もとよりそんなキャラでもないし。

今の俺は、賢者と呼ばれていた頃《ころ》の俺ではない。あらためて自己紹介をしよう。

ぼくのなまえは、マティアス＝ヒルデスハイマーです。ろくさいです。

ひるですはいまーきししゃくけの……

自分で言っていて鳥肌が立ってきた。やはり無理はよくない。やり直しだ。

現世の俺の名前は、マティアス＝ヒルデスハイマー。

名前の通り、ヒルデスハイマー騎士爵家の三男だ。

『準男爵』という単語には聞き覚えがなかったが、現世で俺が聞き得た少ない情報によると、どうやら地域の統治を受け持つ、世襲制の公務員のようなものらしい。『領主』『お館様』などとも呼ばれているようだ。確か、貴族制とかいったか。

準男爵は恐らく下から二番目だが、それでもこの領地のトップ。国全体から見ると、上の下から上の中くらいの立場のはずだ。

——そのはずなのだが。

「世界は一体、どうなってしまったんだ？」

現世の様子は、前世の俺の記憶からは想像もできないものだった。

前世では生活に必要不可欠と言われていた魔道具が、一つも見当たらないのだ。

飛行型農業用人造妖精《ようせい》もなければ、調理用分子運動加速装置も、建築用魔導重機もない。

一体どうやって生きているのかと思えば、領民達が人力で畑を耕《たがや》し、作物を育てて生活しているのだ。しかもその中には、この領地の統治を担当するヒルデスハイマー家当主たる、我が父も含まれる。

魔導歴一二七〇〇年代には、考えられなかった光景だ。

俺が転生するまでの間で、一体何が起こったというのか。


……まあ、今の環境に文句を付けても仕方がない。

幸い俺には現世の記憶もあるし、前世で建物すらない森で年単位のサバイバルをした経験もある。

適応すること自体は、難しくないだろう。


まずは情報収集だな。

今までの俺はあまり勉強熱心ではなかったようで、領地を見て回ることも父の書斎《しょさい》にある本を読むこともなく、のんびりと過ごしていたようだ。

まあ前世の俺も勉強より実戦の方が好きだったので、現世の俺のことを言えた義理ではないだろう。

「やあマティ。書斎に何か用かい？」

書斎に向かう俺に声をかけたのは、長男のレイクだ。

二人いる兄のうち、ちゃんとしたほうである。年は十五。

紋章は第二紋。中距離の放出魔法に長《た》け、集団戦においては必須となる紋章だ。

今のところ魔法の訓練はしていないようだが、鍛錬すると魔法の威力が際限なく上がっていくため、鍛えればいい魔法使いになるだろう。

「本を読もうと思って」

俺は兄の問いに、普段通りの口調で答えた。急に俺の口調が変わっていたりしたら、驚くだろうからな。

「本か。マティにはまだ難しいと思うけど……どんな本が読みたいんだい？」

「戦いの本かな。それと、魔法の本」

最初に調べることなど、これ以外にないだろう。

一体何が起こったのか、ということを調べる意味では歴史書にも興味はあるが、それは後回しだ。

俺が知らない間に、新しい戦術や魔法が開発されていないとも限らないからな。

だが魔法と聞いて、兄レイクは微妙な顔をした。

そしてすぐににこやかな顔に戻り、口を開く。

「じゃあ、戦いの本を読んであげよう」

どうやら魔法の件は、スルーされてしまったようである。

申し出はありがたいが、本くらい自分で読める。

「いや、自分で……」

俺はそう言いながら、書斎の扉を開く。

そして中を見渡し、戦闘や魔法に関係がありそうな本を——

「……何て書いてあるんだ？」

数は少ないが、書斎には本があった。

だが問題は、その背表紙だ。

読めない。

何百年も世界中を戦い歩いているうち、いつの間にか二十七ヶ国語をマスターしていた俺だが、本の背表紙に書かれている言語は、そのどれとも似ても似つかなかった。

翻訳魔法が使えれば読めたかもしれないが、翻訳魔法は比較的大きい魔力と処理能力を要求する魔法だ。今の俺では使えない。

知識はあっても、それを実現するリソースがないのだ。


「はは。まあ、そうなるよね。じゃあ僕が、これを読んであげよう」


そう言って兄レイクは一冊の本を、父の書斎から引っ張り出した。

その本は一種の英雄譚《たん》のようで、一匹で国を滅ぼすような化け物が次々と出てきて、主人公がそれを倒していくというストーリーだ。

うらやましいことだ。前世にもそういう魔物はいたが、一匹だけだったからな。

半分分けてくれ。

まあ、そんなうまい話が現実であるはずもなく、この本はただのフィクションなので、この世界の状況を知る助けにはならなかった。

だが兄レイクの話す内容と本に書かれている文字を比べることで、多少は文字を理解することができた。兄レイクには感謝をせねばなるまい。

ただ戦術書などを読むにはまだまだ時間がかかりそうなので、こちらは後回しにすることにした。魔力を鍛えて翻訳魔法を発動した方が早いかもしれないし。

ちなみに話し言葉は前世と変わらないようで、ほとんどの言葉はすぐに理解できた。

「しっかくもん」など、分からない単語もいくつかあったが。

◇

読み聞かせが終わると、兄レイクは彼の仕事である畑作業に戻っていった。

この村では十一歳を超えると自分の畑を持ち、そこを耕す役目を持つことになるのだ。

二人の兄は両方とも、この決まりに従って畑を持っている。

だが俺の場合は、少し状況が違うらしい。

今畑を持っていないのは年齢的な理由なのだが、俺は十一歳になっても畑を持てない可能性が高いのだ。

表向きの理由は、区画不足ということらしい。

確かにこの村の畑は不足しているようなので、それだけの理由でも納得できなくはない。

だが村人や両親、レイクでない方の兄であるビフゲルの態度から、それ以外の何かを感じる。

両親には可哀想《かわいそう》なものを見るような目で見られ、ビフゲルにはあからさまに見下されているのだ。

どうやら『しっかくもん』なるものが関係しているようだが、その詳細を兄や両親は話してくれないし、ビフゲルには聞く気すら起きない。聞いたところで、恐らくまともな答えは得られないだろう。


さて。夕食にはまだかなり時間があるな。

とりあえず、鍛錬でもやるか。

体力や魔力に関しては、毎日の積み重ねが大切だからな。

鍛錬を始めるため俺はまず下準備として、【受動探知】と呼ばれる魔法を発動する。

これは名前の通り、魔道具や生物が発する魔力を認識することによって、周囲の状況を調べる魔法である。

効かない相手もいるが、敵に気付かれることもなければ魔力消費もないので、最もよく使われる探知魔法の一つだ。

それでいて、精度や範囲を上げようと思うと、実は難しい魔法でもある。

今の俺は簡単に死んでしまうので、森に入るためにこの魔法は必須だ。

魔力を全く使わないので、魔法というより技術に近いかもしれないが。

これはすぐに発動できた。魔力を使わないだけあって、今の体でも発動は難しくない。

ただ、魔法制御力がかなり落ちているせいでノイズが多く、探知できる範囲はかなり限られるようだ。

前世であれば半径数百キロはいけたが、しばらくは一キロ程度で我慢するしかないな。

まあ今の雰囲気なら、この程度でも十分に危険を回避できるだろう。

魔物はおろか、強そうな動物でさえ、ほとんど探知に引っかかっていないようだし。

「マティアス！　なぜお前が外に出ている！」

森に出るべく意気揚々と歩き始めた俺に、そんな声がかけられたのは、俺が家を出てほんの数百メートルのところでだった。

声を聞くだけで、誰《だれ》だか分かった。次男のビフゲルだ。

どうやら、俺が家から出ているのが気にくわないらしい。

「出ちゃダメなのか？」

俺は歩みを止めず、むしろ速めながら言葉を返した。

現世の記憶の全てが、俺に告げている。こいつの相手をするのは無駄だと。

「ダメに決まっているだろう！」

俺の言葉に、ビフゲルは怒りで顔を真《ま》っ赤《か》にしながら答えた。いつ血管が切れるか、見ている
こっちが心配になるレベルだ。切れればいいのに。

「ダメな理由は？」

俺はさらに足を速めながら、さらに質問を浴びせる。

ついでに、身体強化魔法も使ってみた。

軽い強化だが、早歩きには十分だ。

「家の恥さらしだからだ！　お前のような失格紋は、俺が家を継いですぐに追放してやる！」

また『しっかくもん』か。

知らない単語でけなされても、反応に困る。

ただ一つ確かなのは、俺はビフゲル以外に恥さらし扱いされたこともなければ、家から出るなと言われたこともないということだ。

ビフゲル矯正《きょうせい》計画ならば、家に居る間に幾度となく聞いたんだが……この様子を見る限り、結果は芳《かんば》しくなさそうだな。


「なんなんだ、その『しっかくもん』って？」

「そんなことも知らんのか。これだから失格紋は！」


六歳児に向かって、そんなことを言われましても……。

ちなみにビフゲルは十四歳だ。その十四歳が六歳児にこんな言葉を浴びせているというだけでも、ビフゲルの異常さは簡単に理解できるだろう。

というかこの馬鹿《ばか》は、本当に自分が家を継げると思っているのだろうか。底抜けの馬鹿であることを抜きにしても、お前、次男だぞ？


「ならば、栄光紋の俺が教えてやろう。自分の左腕を見てみろ！」

まあ教えてくれるというのならば、一応は聞いてみようか。

そう考えて、俺は左腕に視線を移す。うん、第四紋があるな。

「これが、どうしたんだ？」

「それは失格紋。魔法をロクに使えないクズの証だ！　そしてこれが、魔法の神に選ばれし者の証《あかし》、栄光紋だ！」

そう言ってビフゲルは、自分の左腕を空高く掲げ、俺に見せつけた。

……うわぁ。痛々《いたいた》しい。見ているこっちが恥ずかしくなるので、ぜひともやめていただきたい。

俺が家の恥ならば、こいつは人類の恥、いや有機物の恥だな。

まずい。こいつと同じ種族に生まれたというだけで、死にたくなってきたぞ。もう一度転生するか？

頭痛をこらえながら、俺はビフゲルの腕を観察する。

腕の向きからして、奴《やつ》が俺に見せつけたいのは紋章のようだ。

その紋章が何なのかは、一目で分かった。

――第一紋だ。これだけは間違えようがない。何百年もの間、うんざりするほど見てきた紋章なのだから。

俺がビフゲルに哀《あわ》れみの目を向けていると、ビフゲルはさらに顔を真っ赤にした、

「何だその目は！　舐《な》めているのか！」


違うぞ。哀れんでいるんだ。

とりあえず『しっかくもん』が『失格紋』だと分かったことと、ビフゲルを相手にするのが完全に無駄なことが分かっただけでも、収穫としておこうか。

後者に関しては、話す前から分かっていた気もするが。


「おい！　何とか言え！」


今度は俺が黙っているのが、よほど気にくわなかったらしい。

ついにビフゲルは手に持っていた棒《ぼう》きれを振り上げて、俺を追いかけ始めた。

正当防衛と称して処分してしまった方が人類のための気もするが、この世界における犯罪の扱いがよく分からないうちは、うかつなことをしない方が無難だ。

ということで、とりあえず逃げておく。

俺は身体強化を強め、一気にスピードを上げた。

動きこそ早歩きのそれだが、速度はすでにビフゲルの全力ダッシュを超えている。

「くそ、待て！　ぜぇ、ぜぇ……なんで追いつけねえんだ！」

それは魔法の神に選ばれし者さんが、魔法をロクに使えないクズでも使えるような身体強化を扱えていないからじゃないかな？

俺はそう思ったが、口には出さずにビフゲルを撒《ま》き、森へとたどり着いた。

そして、体や魔力への負担が思ったよりも軽いことに気付く。

元々第四紋は身体強化に向いた紋章だが、その効果は想像していた以上のようだ。

「とりあえず、動物でも狩るか」

【受動探知】の対象となることからも分かるように、この世界に存在する動物は、多くはないながらも魔力を持っている。

しかも動物や魔物の魔力には特殊な性質があり、俺達はそれらを倒した際に魔力を取り込んで、自らを強化できるのだ。

もちろん強力な魔物を相手にした方が伸びは速いものの、リスクが大きい上に狩れる数が少なくなってしまうので、あまりおすすめできない。

——ちなみに人間の魔力を使って強化する方法も無くはないのだが、かなり複雑な魔法が必要な上に効率も悪いので、使う状況はかなり限られるだろう。

前世の俺が開発した魔法ではあるが、実際に使うことはほとんどなかったように思う。


最初に見つかった動物は、鳥だった。名前は分からないが、サイズは鶏《にわとり》よりやや大きいくらい。

鳥が止まっている木の枝までの高さは、およそ五メートルほど。

さっそく魔法で撃墜……といきたいところだが、第四紋の魔法は射程が短い。

今の俺では、あの位置に魔法を届かせることすらできないだろう。

そこで俺は気配を消しつつ、地面から小石を一つ拾った。


脚に集中的な身体強化を施《ほどこ》し、一歩踏み出す。十分に勢いが乗ったら、今度は肩と腕に身体強化の対象を移し、思い切り腕を振り抜く。

限られた身体強化を、最大限まで小石に伝えるための動き。

それは六歳児の魔力と体力によって投げられる石の速度を、時速百数十キロまで跳ね上げる。

ここまで動くと流石《さすが》に気配を消しきれず、鳥も俺の投石に気が付いたようだが、すでに遅い。

顔面に石の直撃を受けた鳥は、ドサッという音とともに、地面へと落下した。

それと同時に俺は、自分の体力と魔力が、少し強まったのを感じる。

本来は自覚できるようなものではないのだが、初めての戦闘ということもあって、成長の幅が大きいのだろう。

落ちた鳥はちゃんと回収し、魔法で首を切って血抜きしておく。

これは貴重な栄養源だ。家の食事は残念ながら、体の成長を支えるのに十分な量とは言えないからな。

特に、タンパク質が足りない。

毎日寝る前に魔法で筋肉を痛めつけ、超回復させることで筋力を強化する計画なのだが、それも回復に使う栄養がなければ逆効果でしかない。それは非常に困る。

原因は食材不足のようなので、これを家に持って帰れば、ちゃんとしたものが食べられるだろう。

そんな調子で俺は五羽の鳥を狩り、森を後にした。魔力稼ぎも大事だが、乱獲はよくないからな。


「今日の夕食は豪勢だな！　何かあったのか？」


食事の時間。

大量の肉が置かれた食卓を前に、父のカストルが感嘆の声を上げる。

夕食に使われたのは二羽だけだが、五人家族である我が家にとっては、なかなかの量のようだ。

考えてみると、現世の記憶でこの量の肉が出されたのは、レイクが十五歳の誕生日（この国では、十五歳から成人と認められるようだ）を迎えた時くらいかもしれない。

「今日は、マティの誕生日だった気がするけど……それを祝うために作ったってわけじゃないよね？」

そう言ったのは、レイクだ。

俺が転生したのはちょうど六歳になった今日なので、必然的に誕生日だということになる。

だが先ほども言った通り、誰かの誕生日だからといって豪勢な料理が出されたのは、レイクの成人の時だけだ。

他《ほか》の誕生日に関しては、お祝いさえしていなかった気がする。

「そうだ！　こいつの誕生日を祝うなどとんでもない！　むしろ悲しみ、運命を呪《のろ》うべき日だ！」

レイクの発言に乗っかるようにして、ビフゲルが俺を馬鹿にしていた。

「ビフゲル。お前は黙っていろ」

そして、黙らされていた。

黙らせたのは我が父、カストル＝ヒルデスハイマーだ。正確な年齢は知らないが、見た目からすると四十五歳といったところだろうか。

流石《さすが》に当主には逆らえないらしく、ビフゲルが口を閉じる。

顔は怒りで真っ赤になっているが。……しかも心なしか、昼間よりもボルテージが上がっている気がする。この自称魔法の神に選ばれし者さん（十四歳）は、魔法もロクに扱えないクズ（六歳）に駆けっこで負けたのがよほど悔しかったのだろうか。


「このお肉はマティが持ってきました。文句があるなら、食べなくてよろしい」


会話が切れたタイミングを見計らって、母のカミラが答えを明かした。

それを聞いた父が、俺に質問する。


「マティがこれを？　一体、何があったんだ？」


さて。どう答えるべきか。

正直に答えると、色々と面倒なことになる可能性がある。

この領地が魔法的に未発達な点を除いても、俺の魔法は六歳児としては優秀なのだ。

特に最悪なのが、この領地に縛り付けられるパターンだ。

俺はそのうちヒルデスハイマー領を出て、魔法戦闘師として活動する気でいる。

この世界では冒険者とかいう名前になっているようだが、やることは変わらない。

便利な魔法屋として認識されてしまえば、それが難しくなる可能性がある。


「たまたま鳥が木にぶつかって、落ちてきたんだよ」


考えた末、俺は魔法のことを隠すことにした。

五羽というのはいささか不自然だが、何とか通らなくも――


「綺麗《きれい》に首を切って、血抜きまでされて落ちてきたんですか？」


ダメだった。母に速攻でツッコまれてしまった。

しかしここは、しらを切り通す！


「血抜きは尖《とが》った石を見つけて、自分でやったんだ」

「五羽も？」

「うん。五羽も」

「……確かに攻撃で倒したにしては、それらしい傷が見当たりませんでしたね。珍しいことですが、あり得なくはないのかもしれません」


よし。ごまかせた。

次からは何か言い訳を考えてから、もっと少ない数を倒すことにするか。

肉の供給をやめる気はない。栄養は大切なのだ。

「妙なことの予兆じゃなきゃいいんだがな。……そういえばマティ、お前六歳になったのか」

「うん。マティは今日で六歳だよ」

カストルの質問に、レイクが答える。

「じゃあマティも明日から、剣術を教えてやろう。特にマティは領地を出ることになるから、剣は大事になるぞ」

そういえばレイク達は、父から剣術の訓練を受けていたな。

あの訓練、六歳から始まっていたのか。なかなか先進的だな。

――だが父の発言には、それ以上に気になる点があった。

領地を出る、という点だ。

「僕は、領地を出るの？」

気が付いたら、父に質問していた。

俺のさっきのごまかしは、一体なんだったというのか。

「……マティには早い話かもしれないが、マティは三男だからな。領地で畑を耕してもいいが、魔法か――いや。剣ができれば、外に出るという選択肢が生まれる。そっちの方が、きっと楽しいぞ」

なんと。剣ができれば、俺は自動的に領地から出られるらしい。

最高じゃないか！　三男バンザイ！

魔法も言いかけていたようだが……魔法はダメなのか？

ものはついでだ。聞いてみよう。

「魔法だと、ダメなの？」

「も……もちろん魔法でもいいぞ。でも俺は、剣の方がいいと思うけどな！」

うーん。歯切れが悪い。俺の魔法に関して、何かあるのだろうか。

まさか本当にこの領地では第四紋がハズレだと思われているなんて可能性は——

ないな。流石にあり得ない。第四紋は扱いが難しいので、領地の平均年齢が十歳くらいなら分からないでもないが、ヒルデスハイマー領は大人の方が多いのだ。

ハズレ扱いされる紋章があるとすれば、第一紋以外にあり得ない。

その第一紋にだって戦闘以外の強みが存在する。ハズレ扱いされるいわれはないのだが……まあ、俺にとってはハズレだな。

◇

翌日。

俺が朝起きると、父カストルと兄レイクはすでに外に出て、剣の素振りをしていた。

身体強化などはかかっていないが、父の剣筋は綺麗《きれい》だ。剣速も悪くない。

魔法は未発達な領地だが、剣術はそうでもないようだな。

「おはよう、父上、レイク兄さん」

「やあマティ。おはよう」

玄関を出た俺は、素振りをしている父と、兄に声をかける。

今日から訓練を始めるとは聞いていたが、その時間は聞いていなかった。遅れてしまったかもしれない。

「マティか。早起きだな。剣術が楽しみだったのか？」

遅れてはいなかったようだ。

「領地を出て、冒険者になりたいんだ」

「そうかそうか。普通は騎士を目指すもんだが、冒険者も悪くないな！　よし、少し早いが、始めるか！」

そう言って父カストルは、俺に一本の木剣を手渡した。

中に重りが入っているのか、木にしては重い。

父カストルも同様に、木剣を手に持っている。素振りには真剣を使っていたようだが、流石に真剣での訓練はしないらしい。まあ回復魔法がないと、危ないからな。

「さあ、かかってこい！　俺に剣を当てれば勝ちだ！」

そう言いながら父カストルは、俺に向かって剣を構えた。

……え？　いきなり模擬戦？

六歳を相手にやる内容か？

「どうした！　どんな手を使ってもいい。一撃入れてみろ！」

戸惑う俺に、父カストルはなおも声をかける。

このまま黙っていれば、向こうからかかってきかねない勢いだ。

ヒルデスハイマー家の剣術教育は先進的だと言ったが、あれは控えめな表現だったようだ。

この家の剣術教育は、未来に生きている。

——やるからには、今できる限りのことをしよう。

「いきます！」

「おう！」

俺は宣言し、身体強化を使わずに、わざとゆっくり、のそのそと歩いて距離を詰める。

武術もへったくれもない、無様《ぶざま》な動きだ。

それから、踏み込みとすら言えないような動きでゆっくりと踏み出し、下から上に向かって剣を振るう。

身体強化を使っていない上に、重力に逆らう動き。その剣速は、当たっても痛みすら感じそうにないほど遅い。

別に舐めてかかったわけではない。素振りを見た時点で、カストルが舐めてかかれる実力ではないことは理解していた。

むしろ今の俺では、本来勝てない相手と言ってもいい。根本的な身体能力が違いすぎる。

寝る前の筋力強化と魔力強化（魔力も筋力と同様に、使い果たすことで生成量が増えていくのだ）も昨日から始めたが、それだけで訓練を積んだ大人に勝てるほど、武術や魔法は甘くない。

だからこそ、この作戦を使った。

俺の剣を、父カストルが受け止めようとする。かなり手加減しているようだ。俺が来る前にしていた素振りとは比べものにならないほど、動きが遅い。

その動きを見て俺は——今まで切っていた身体強化を発動し、一気に最大まで出力を上げる。

ここからが本番だ。


父カストルが俺の剣を受け止める直前で、俺は身体強化を脚に集中させ、姿勢を落としながら斜《なな》め前へと踏み込む。

カストルが振った剣は、俺の頭上を通り過ぎていった。

今の俺の強みは、六歳児ゆえの身長の低さだ。低すぎる位置にいる相手というのは、意外と狙《ねら》うのが難しい。


そして勢いを付けたまま、膝《ひざ》に向かって剣を突き込む。

斬撃に比べて刺突は受け止めにくく、力勝負に持ち込まれにくい。相手が油断していればなおさらだ。

しかし——


「ふっ！」

父カストルは、俺の刺突を受け止めた。

これで決められる可能性もあると思っていたのだが、どうやら父カストルも、俺が思ったほどは油断してくれなかったようだ。

だが、それも想定の範囲内。

俺は全身の勢いを殺さず、【縮地《しゅくち》】を発動。父カストルの背後に回り込む。

「むっ……消えた⁉」

父カストルは、俺の姿を見失った。

【縮地】は別に、一瞬で相手の背後を取るような魔法というわけではない。

相手の意識に死角を作り、そこに潜り込むことによって、一瞬だけ相手の認識をかいくぐるための魔法。それが【縮地】。

第一紋であれば今の十倍は魔法力が必要な魔法だが、流石は第四紋。魔法は完璧《かんぺき》に発動した。

近接特化型の紋章は伊達《だて》ではないようだ。

知識としては知っていたものの、実際に使ってみるとそのすごさがよく分かる。

前世の俺など、百年も経《た》たずに超えられるのではなかろうか。これだけでも、転生して正解だったという確信が持てる。

しかし、感慨にふけっている暇はない。【縮地】で稼げる時間は一瞬だ。

俺は一刻も早く剣を届けるべく、再度刺突を繰り出した。

完璧なタイミング。そして人体の構造上、受け止めるのが困難な軌道。

相手を完璧に見失った状態から、この攻撃を魔法なしで防御できる者は、前世でもかなり限られただろう。

しかし、父カストルは受け止めた。

俺が来る前にやっていた素振りは、ウォームアップ程度だったとでもいうのだろうか。

そんな父カストルでも、やはり今の攻撃は無理な姿勢で受け止めざるを得なかったらしい。

対する俺は、全体重と身体強化で生み出した力を、全て剣へと伝えている。

これだけの差があって、双方の力はようやく拮抗《きっこう》した。

双方の剣が動きを止める。前にも後ろにも、ぴくりとも動かない。

そうなってからの時間は恐らく、〇・二秒といったところ。しかし俺にはそれが、とても長い時間に感じられた。父カストルにとってもそうだろう。

その後に、父カストルが動きを見せる。体をひねることで、剣に伝えられる力を増そうとしているようだ。

このままいけば、あと半秒ほどで俺の剣は押し切られ、俺はそのまま敗北するだろう。

体力差からいって体勢を立て直されれば勝ち目はないし、そうなってもむしろ健闘した方だといえる。

だが俺は、この戦いがそのような結末を迎えることを、ただ受け入れようとは思わなかった。

模擬戦といえども、全力で勝ちを目指すのが俺流だ。黙って負けるくらいなら、賭《か》けに出てやる。

残り少ない時間で、俺は次の魔法を構築する。

【魔力撃】。剣に魔力を乗せることで、威力を上げる魔法だ。

身体強化より遥《はる》かに強力な魔法だが、当然、難易度も跳ね上がる。

【縮地】は絶対に成功させるつもりで使ったが、第四紋にも限界はある。ここまで来ると成功するかは運だ。

そして俺は、賭けに――勝った。

発動した【魔力撃】が剣に力を与えて、父カストルの剣を押し切る。

そして俺の剣が父カストルに触れた直後、【魔力撃】の効果が終了し、俺はバランスを崩して倒れ込んだ。

兄レイクと父カストルは呆然《ぼうぜん》とつぶやいた。


「父上に、勝った……？」

「剣の才能があるかもしれんとは思っていたが、化け物か……？」


なにやら、驚かれてしまったようだ。

父カストルに至っては、軽く引いている気がする。

まだ訓練もしないうちから、いきなり模擬戦に負けるとは思っていなかったのかもしれない。

ただこの勝負は、ルールの問題が大きい。


「不意を突いただけだし、今の攻撃、本当にただ当たっただけでしょ？」


今の模擬戦のルールは「当たれば勝ち」。だから俺は、形式上勝利したことになった。

しかし今のが実戦であれば、俺の攻撃は父カストルに軽い傷を与えた程度だろう。鎧《よろい》を着ていれば、それすら不可能だったかもしれない。

さらに戦闘の結果を大きく左右する初撃で、父カストルは手加減をしていた。俺はそこを突いただけだ。

そういう意味で、俺は指摘したのだが。

「いや。それはそうだが、今の攻撃は何だ？　俺に姿を見失わせた上、明らかにあり得ない速度とパワーが出ていたよな？」

「うん？　普通に身体強化と、【縮地】と、【魔力撃】を使っただけだけど……」

「「それは普通じゃない（よ）！」」

なぜか、ツッコミを入れられてしまった。ものすごい息の合いようだ。

ああ。確かに【魔力撃】はやりすぎだったかもしれない。

「ごめん。普通じゃなかった。【魔力撃】はたまたま成功しただけ」

「そういう問題じゃないんだが……」

今度は、あきれ顔をされてしまった。一体俺が何をしたというのか。

「まずその身体強化とか、【縮地】とか【魔力撃】って、魔法か？」

「うん」

「なぜ、マティがそれを使えるんだ？」

「……練習したから？」

「いや、その理屈はおかしい」


なぜ⁉

練習せずに、どうやって魔法を使うというのか。

もしやこの世界では、魔法の使用に許可が必要だったりするのか？


「練習すれば、誰だってこのくらいは……」

「よし！　お前がおかしいことはよく分かった！」

「僕の九年間の訓練は、一体何だったんだろう……」

反論しようとした俺に、父カストルはあきれ顔で返してきた。

兄レイクは頭をかかえて何やらぶつぶつつぶやいているが、内容を聞き取ることはできなかった。

「お前に、常識というものを教えてやろう」

「常識？」

この国における、魔法の規制についての常識とかだろうか。

そういえば前世ではそこら中で使われていた身体強化だが、生まれ直してからは一度も見た覚えがない。

「ああ。剣術に関する常識だ。……教えるのは、俺じゃないがな」

「うん？」

そう言いながら父カストルは、家の玄関に目をやった。

ビフゲルが家から出てきたようだ。

「おいビフゲル！　遅いぞ！」

「少しくらい遅れたって、別にいいだろう！　俺の勝手だ！」

うん。相変わらずのダメっぷりだな。

こいつから教わることなんて、ないような気がするのだが。

「黙れ！　ここが軍なら、処罰の対象になっているところだぞ。本来ならば今日は、特別厳しい鍛錬を科すところだが……今日のお前は運がいい」

そう言いながら父カストルは、俺に目配《めくば》せをした。

何か悪いことを企《たくら》んでいる顔だ。

「腕立て二千回か、マティとの模擬戦。どちらか選ばせてやろう」

「マティアスとの模擬戦だ！」

父カストルの問いに、ビフゲルは満面の笑みで答えた。

どうやら俺と模擬戦ができるのが、よほど嬉《うれ》しいらしい。

「模擬戦を選ぶか。よろしい。問題はルールだが……勝敗の条件は、どちらかの降参か、俺の審判ということでいいか？」

父カストルは俺ではなく、ビフゲルに聞いた。

俺の意思を無視して、話が進んでいく。

まあビフゲル相手なら普通にやっても何とか勝てる気がするので、よほどおかしなルールでなければ問題ないのだが。

「待ってくれ父上」

「何だ?」

「審判には限界がある。誤審が起きないとは言いきれない」


ビフゲルが、こんなことを言い出した。

ああ。ビフゲルの考えている事は何となく分かるぞ。

父カストルが、俺に有利な審判を下さないかどうかを心配しているのだろう。ビフゲルは父カストルにも、よく思われていないようだからな。

それを自覚しているとすれば、こういう発言が出るのも無理はないな。


「分かった。審判はなしにしよう」


父カストルは、随分あっさりと引き下がった。

審判なしで模擬戦をするらしい。父上の意図が、よく分からなくなってきたな。


「それと一回戦じゃ、マティアスも物足りないだろう。五回くらいでどうだ?」

「分かった。では五回にしよう」

「それと確認だが、手加減はいらないんだよな？」

「ああ。『お互い』、手加減は不要だ」

父カストルは、ビフゲルの言われるがままだ。

それどころかビフゲルが提案をするたび、父カストルが悪い顔になっていく。もはやニヤニヤ笑いと言っていいくらいだ。それと同時に、あきれているようにも見えるな。

発言に特徴があったとすれば、『お互い』の部分を強調していた事か？

……ダメだ。本格的に父カストルの意図が分からない。

困惑する俺を尻目《しりめ》に、父カストルはビフゲルに模擬戦用の剣を手渡し、俺から少し離れた位置に立たせた。

そして、模擬戦の開始を宣言する。

「準備はいいな？　模擬戦、はじめ！」

「おらあああ！　死ねやあああああああ」

合図に従って、ビフゲルが動いた。

模擬戦でするものとは思えない発言をしながら剣を正面に構え、こちらに向かって突っ走ってくる。

手加減は無用という話だったな。俺も最初から、本気でいこうか。

ビフゲルの力は父カストルほど強くないし、剣筋も酷《ひど》いものだ。これなら正攻法で倒せるだろう。

俺はビフゲルが振り下ろした剣を横から受け止め、左へと逸《そ》らした。

「おっと！」

ビフゲルがバランスを崩す。まさか、受け止めた場合の対処を用意していなかったとでもいうのだろうか。

……流石にないな。もしそうだとしたら、あまりにお粗末《そまつ》すぎる。

恐らくこれは罠《わな》だ。あからさまな隙《すき》を作って俺の油断を誘い、魔法からのカウンターか何かで沈める作戦だろう。

そう読んだ俺は、あえてその誘いに乗ることにした。

こういった奇策は、読まれた時点でただの愚策《ぐさく》に成り下がる。

セオリーから外れた行動は、非効率だからこそセオリー外なのだ。

俺は魔法の気配に注意を払いながら、ビフゲルへと木剣を振るう。

命中まで、残り〇・三秒。動きはない。

残り〇・二秒。まだ動きはない。魔法を使うにしても、そろそろ使わないと間に合わないはずなのだが……？

残り〇・一秒で、ビフゲルは動きを見せた。
なんとビフゲルは、俺の剣に対し、目をつぶったのだ。
まるで迫る剣に対して、恐れを抱いたとでもいうかのように。

いやまさか、仮にも剣の訓練を受けた者が、そんな行動を取るわけがない。
もしかして、何か見逃していたか？　俺は自分でも気付かないうちに、ビフゲルの罠にかかっていたとでもいうのか⁉

そんな考えが頭をよぎったが、いずれにしろこの状況では、すでに取れる行動は一つしかない。
俺は躊躇《ちゅうちょ》を捨て、ただ全力で木剣を振り抜いた。

バキッ。

「ぎゃあああああああああああああああ!!」


木剣を受けたビフゲルが、声を上げてのたうち回る。

罠も何もなかった。俺の木剣は、普通にビフゲルへとクリーンヒットした。

弱すぎる。……いや、待てよ。


この戦闘の勝敗条件は、『どちらかの降参』のみだったはずだ。

つまりビフゲルは、まだ敗北していない。


さらに、この痛がりよう。明らかに異常だ。訓練を受けた者のする行動ではない。

もしや痛がるふりをして、時間を稼いでいるとでもいうのだろうか。


読めたぞ。ビフゲルは痛がるふりで、時間を稼ごうとしている。

ならば俺のするべきことは、追撃だ。

俺がビフゲルを降参させるのが早いか、ビフゲルが魔法を完成させるのが早いか。これはそういう勝負だ。

そう理解した俺は、木剣を持ってビフゲルに攻撃を加え始めた。

――だが、いつまで経《た》っても、ビフゲルが魔法を発動する様子はない。

流石に怪しいと思い始めた俺は、身体強化を少し削って、よほど巧妙に隠されたものでもない限り全ての魔力を探知できる魔法【能動魔力探知】を発動してみた。

範囲内にそれらしき魔力反応は――存在しない。


「マティ。その辺でやめてやれ」


俺が探知の結果を確認したところで、父カストルから声がかかった。

よく見てみるとビフゲルは、泡《あわ》を吹いて気絶している。


「……ビフゲルは、何をしようとしていたの？」

「マティを倒そうとしていたんだ」

「わざと隙を見せたのは？」

「あれはわざとじゃない。普通にバランスを崩しただけだ」

……ビフゲルは、そこまで弱かったのか。

ああ。父カストルの伝えたいことが、分かった気がする。

「分かった！　つまり父上が伝えたかった常識っていうのは、練習してもできるようにならない、ビフゲルみたいなのもいるって事だね！」

「ダメだこいつ！　全く分かってない！」

……気がしたのだが、違ったようだ。

「じゃあ、何を伝えようと？」

「ビフゲルの強さだ」

ほら。やっぱり当たってるじゃないか。

どこが違うというのだろうか。

「ビフゲルは別に弱くないぞ。同年代から見たら、むしろ強めの部類に入る」

……え？

「このビフゲルが、強め？」

「そうだ」

「いやでも、父上は……」

父カストルの強さは、ビフゲルとは比べものにならなかったはずだ。

ビフゲルが百人いたところで、父カストル一人に傷一つつけられないのではなかろうか。

「自分で言うのもなんだが、私は強いぞ」

いや。「強い」と「強め」で差がありすぎだろう。

「じゃあ、伝えたかったことっていうのは……」

「マティの強さが、明らかに異常だということだ。少なくとも十五歳未満に、お前に勝てる奴はいないだろうな。そもそも身体強化を使える奴が、ほとんどいない」

マジかよ。いくら知識があるっていっても、訓練もしていない六歳の体だぞ。

魔法だけではなく、剣術まで衰退してしまったのか？

いや。剣術がそこまで衰退した世界で、父カストルのような剣士は生まれないはずだ。仮に生まれたとして、こんな場所の領主などではなく、剣術の大流派の開祖か何かになっているはず。

それと、だ。

父カストルの行動には、今の説明だけではつじつまが合わない部分がある。

「ところで、父上」

俺は、その点をつついてみることにした。

「何だ？」

「模擬戦の前、ビフゲルの要求に片っ端から従ってたけど……あれは、どうして？」

「ああ。どうせ一方的な戦いになるだろうから、適当なところで止めようと思っていたんだがな。ビフゲルがあまりに綺麗に墓穴を掘るものだから、好きなだけ掘らせてやったんだ」

ああ。確かに手加減無用だの審判不要だのと、自分から墓穴を掘りにいっていたもんな。

「まあ、ビフゲルにもいい薬になるだろう。できればこれで、考えを改めてくれればいいんだが……」

父カストルはそこで、言葉を切った。

気絶していたビフゲルが、目を覚ましたのだ。

「ビフゲル。何か言うことはあるか？」

父カストルがかけた声に、ビフゲルはすぐさま反応する。

「不正だ！　失格紋ごときが、俺に勝てるはずがない！　こいつは何かいかさまをしたに決まっている！　父上、こいつを処罰してくれ！」

さっきまで気絶していたというのに、随分と元気のいいことだな。

父カストルもあきれ果てて、半笑いになっている。

読心魔法も使っていないのに、「ダメだこいつ、早くなんとかしないと」という声が聞こえてくるようだ。

いや、「ダメだこいつ。手遅れかもしれない」のほうが正しいか？

そんな表情のまま、父カストルはビフゲルに声をかけた。

「そうかそうか。マティが不正をしていたと、お前はそう言いたいのか」

「そうだ！」

その言葉を聞くと、父上はニッコリと笑ってこう告げた。

「じゃあ次は、不正がないかどうかちゃんと気を付けるといい。私もちゃんと見ておいてやるから、正々堂々と戦うといい」

「え？　いや。別にもう一度戦うとは……」

「何を言っているんだ。模擬戦は五回勝負だろう？　お前が言い出したことじゃないか」

慌《あわ》てるビフゲルを、父上が追撃——

いや、違うな。あらかじめ掘っておいた墓穴に、ビフゲルが勝手にはまっただけだ。

「というかさっきの模擬戦、ビフゲルはまだ降参していないよな？　喜べビフゲル。お前はまだ負けて——」

ビフゲルは逃げ出した。

あの酷い模擬戦の、翌朝。

俺と兄レイク、ビフゲルの三人は玄関前に集合し、訓練の準備をしていた。

昨日は遅刻していたビフゲル（逃げ出したところを父カストルに捕まえられた直後、俺に対して音速の五連続降参を披露し、俺達三人をあきれさせた）も、今日はちゃんと早く来ているようだ。

その様子を見て、父カストルが頷《うなず》いた。

「よし、全員揃《そろ》ってるな！　早速鍛錬に入るぞ！　まずは全員、素振り百回からだ！」

言われたとおり、俺達は木剣を持って素振りを始める。

どんな素振りをすれば良いのか分からないので、とりあえず兄レイクを真似《まね》て、袈裟《けさ》斬りをやっておくことにする。

魔法戦闘師は、魔法だけで戦う者を意味する言葉ではない。接近戦において剣は重要だし、強力な魔剣に数十もの強化魔法をまとめて乗せての斬撃《ざんげき》は、俺の得意技の一つであった。

この袈裟斬りも、前世では幾度となく繰り返し、実戦でも数え切れないほど使った技だ。

基本的な振り方は分かっているので、素振りは今の体にそれを合わせる作業になる。

「ビフゲル、構えはそうじゃない、こうだ！」

「レイク、振り方はだいぶマシになったが、その後がダメだ！　もっと隙を小さくしろ！」

俺達の素振りを見て、父カストルが指導をしていく。

その父カストルは、俺の前で立ち止まった。


「マティは……」

そこまで言って、父カストルは言葉を切った。


「………………ダメだ、指摘する点が見当たらん。剣でも重くしてみるか？」

「いや。この重さで大丈夫だと思う」

大切なのは重い剣を振ることではなく、適正な重さの剣を振ることなのだ。

今は剣の重さを変えられない分、身体強化で調整をしている。

だから身体強化を調整して素振りの剣を重くしたところで、必要な魔力が増えるだけである。

身体強化の制御が苦手な者ならともかく、今の俺にとってあまり意味がある行動とはいえない。

「そうか。じゃあそのまま、素振りを続けるとい……あれ？　そこまで完成してるなら、素振りの必要があまりなくないか？」


……ふむ。

言われてみれば、確かにそうだ。

この体もだいぶ馴染《なじ》んできたし、身体強化と【魔力撃】を乗せる程度なら、今の状態でも十分すぎるくらいだ。

それよりは、基礎的な体力や魔力を底上げしておきたい。

森で動物でも狩って、魔力稼ぎといきたいところだが……

「いくらマティに剣の才能があっても、どこかしら抜けている点はあるはずだ！　まずはそれを探す！」

まあ、そうなるな。剣の鍛錬の時間だからな。

確かに、抜けがないとは限らない。

前世で俺が剣を使いはじめたのは、確か百二十歳くらいの頃。つまり、魔法が割と使えるようになってきてからだ。

当然マスターした剣術も、それに合わせたものとなっている。

【魔力撃】で手一杯の状況での戦い方など、考えたことも無かったのだ。

「でも、どうやって?」

戦闘における正しい動きというのは、やはり実際に戦って初めて分かることが多い。

前世のように何十年もかけてシミュレータを設計するほど、今の俺はヒマではないのだ。

「もちろん、俺が相手になる。俺にとっても練習になるしな。王都ならともかく、この辺だとマティくらい強い練習相手が見つからないんだよ」

父カストルが相手になってくれるのか。それはありがたい。

「やっぱり僕たちじゃ、相手にならないんだね……」

その発言を聞いた兄レイクが、何やら落ち込んでいた。

「言っておくが、マティがおかしいだけだからな？　レイクの剣術だって、騎士養成学校の入試を余裕で通るレベルだからな？」

そして、何やら励《はげ》まされていた。……まるで俺が変人であるかのような扱いには、何だか納得がいかない。

ちなみに騎士養成学校というのは、今の世界にあるエリート育成機関の一つらしい。

魔法をやらないようだし、なんだかお堅そうな雰囲気だから、あまり行きたくないが。

「よし、まずはオーソドックスに相手が大上段から振りかぶって、まっすぐ振り下ろしてくる場合の想定だ！　行くぞ！」

「ちょっと待った」

叫びながら突っ込んできた父カストルを、一旦《いったん》止める。

戦う前に戦術を予告して、どうするというのか。

「あらかじめどう戦うか教えたら、意味がない！」

剣の構えというのは、相手の動きに柔軟に対処できてこそ意味があるのだ。

もちろん相手の動きを予想して構えを変えるのは普通だが、それは相手の動きや癖《くせ》を見てからのものであり、親切な相手の予告を信じてのものではない。

「いや。それでは流石に難易度が……」

「実戦に、『俺は今からまっすぐ剣を振り下ろすぞー!!』なんて叫んで、その通りに戦ってくる相手なんて、いるわけがないよ?」

「それはそうなんだが……いや。見た目に惑わされていたな。マティならいける気がしてきた。……行くぞ!」

「はい!」

◇

——それから、およそ三十分後。


「……弱点が、見当たらない……」

「マティ、天才ってレベルじゃないよね……?」

俺の剣術の弱点らしい弱点は、結局見つからなかった。

基礎的な力や魔力が不足しているため、力比べのような状況に持ち込まれると負けてしまうのだが、それは剣術の弱点というより、体の弱点だろう。

鍛錬を続けていれば伸びていくものなので、特に問題はない。


「ふ……不正だ！　何かおかしな真似をしているに決まっている！」

「どうやって？」

「な……何か汚い手を使ってだ！」


そしてビフゲルは剣術で俺に負けるのがいい加減我慢ならなくなったのか、またおかしなことを叫び始めていた。

ちなみにビフゲル。それは質問の答えになってないぞ。

「ビフゲルはそう思うのか。……おかしなことをしている相手は、戦ってみると分かることが多いぞ。どうしてもマティをそういう扱いにしたいのなら、お前が戦って――」

「今のは気のせいだった」

そして、すぐに訂正していた。見苦しいにもほどがあるだろ……。

精神的によくないので、こいつのことを考えるのはやめにしよう。何か楽しいこと、楽しいこと……。

……重要なことを思い出したぞ。


「そういえば父上」

「どうしたマティ？」

「剣ができれば村の外に行けるって話だったけど、もしかして今のままでも行ける？」


残念ながら俺のいるヒルデスハイマー領は、魔法の鍛錬にとってあまり良い環境とは――

というのは、自分をごまかす口実のようなものだな。


本当の理由を言ってしまうと、俺は世界を見てみたいのだ。

たとえ前世の記憶を引き継いでいても、六歳は六歳。外の世界や冒険といったものに興味を抱き、あこがれる年頃なのである。


「じ……実力だけで言うなら行けなくはないが、流石に早くないか？」

「僕も、流石に早いと思うなぁ」

だが、反対されてしまった。

そんな気はしていた。領地から出て独り立ちするには、六歳は早すぎる気がする。

「ああ！　行けるぞ！　さっさと出て行くがいい。というか出て行け」

珍しいことに、ビフゲルは賛成してくれているようだ。

やめてくれ。ビフゲルに賛成されると、自分が何か間違ったことをしているような気分になるじゃないか。

「戦闘の腕前だけでは、生きていけないからな。せめて十五……いや。条件次第では十二歳。それが限界だな」

「条件って？」

剣で本気の父カストルに勝つとかだろうか。

それなら二年もあれば、何とか——

「王立第二学園に、特待生枠で合格することだ」

受験か……。

それもただ合格するだけでいいわけではなく、特待生だ。


「ううん……」


面倒だな。特に歴史なんて最悪だ。前世の知識が全く通用しない。

魔法関連の座学は、まあなんとかなるだろう。魔法陣数学はあまり得意ではなかったが、流石に十二歳に受けさせるテストで、難しいものが出るとは思えない。国語も大丈夫だ。今は文字を読めないが、二年もあればなんとかなる。

……よく考えてみると、問題は歴史くらいだな。


「歴史を勉強できる本とかって、あるかな？」

「歴史……？　なくはないが、何に使うんだ？」

「だって、入試といえば歴史――」

「王立第二学園の入試に、そんな科目はないぞ」


おお！　ありがたい！

「じゃあ、どんな科目を使うの？」

「座学も確かあったが……あまり重要じゃない。重要なのは実技だ」

「実技？」


魔法とかのことだろうか。

「ああ。実技だ。マティは剣に力を注《そそ》げばそれでいい。魔法や座学は教えられんが、剣があれば大丈夫だ」


それは、入試としてあんまりではないだろうか。

科目数がある中で一つ高い点数を取ったところで、合格できる気がしないぞ。


「それで受かるの？」

「ああ。裏技的な方法だが、俺が使って実証済みだ。教えてやろうか？」

「うん」

「剣の試験は、試験官相手の実戦形式だ。とりあえず、出てきた奴をぶちのめせ。それが第一段階だ」

「うん？」

なんだか、雲行きが怪しくなってきたな。試験官って、ぶちのめしても問題ないのか？　というか父カストルの言動は、貴族としてどうなのだろう。色々おかしい気がする。

「まあ待て。まだ話は終わっていないぞ。大事なのはここからだ。試験官をぶちのめしたら、試験官より強い奴が出てくる」

なるほど。その強い人に直談判《じかだんぱん》して、実力を認めてもらおうと――

「そいつも、ぶちのめせ」

違った。

直談判（物理）だった。

「作戦は以上だ。確か五十点満点の試験で、剣技の配点は十点だが、俺は剣技で三十点を取った。他教科と合わせて三十五点で、無事合格だったぞ」

『作戦は異常だ』の間違いではないだろうか。

と言うか他の教科、合計五点しか取れてないのか。

……まあ、俺は魔法も使えるからな。

座学も多少は解けるだろうし、その分を足せば、特待生も何とかなる……か？

父カストルの戦術が今も通用するかどうかは分からないが、座学がダメそうなら試す価値はあるな。楽しそうだし。


「父上。特待生は流石に、条件が厳しすぎるんじゃ？」

父カストルの話を聞いた兄レイクが、こう言い出した。


「そうか？　マティが十二歳になれば、主席だって十分狙えると思うんだがな」

「そこは同感だけど、別に特待生じゃなくても……」

「ああ。そこはマティじゃなくて、うちの問題だ」

「うちの問題？」

「お金がない」


うん……。

何となく、気付いてはいた。

少なくとも金持ちではないことは、間違いない。

「でも父上って、昔はかなり稼いでたんじゃ……」

「騎士って、意外と儲《もう》からないんだよ。冒険者と違ってな。多少の蓄えはあったが、領地経営で溶けた」

「父上……」

ほう。

我が家の財政はひとまず置いておくとして、冒険者、今も儲かるのか。

金自体にはあまり興味がないが、儲かるということは、強い敵とも戦うことになるのだろう。

とりあえず、俺の将来の職業は決まったな。

「まあ要するに特待生を取るか、ダメなら自分で学費を稼《かせ》ぐかすればいいってこと？」

「そういうことだ。流石マティは物分かりが……あれ？　マティってこんなに物分かりよかったか？」

「昔から、年の割にはよかったかな。ここまでとは知らなかったけど……」

よし。将来に備えて、学費を稼ごう。

……ただ、方法が問題だな。

このあたりでは魔物を見ないから、魔石を貯《た》めておくことはできない。

動物の毛皮や肉も売れなくはないかもしれないが、そもそもこの領地（町というより、村と言った方が正しいだろう）には、そういった物を取り扱っている店がほとんどないようだ。

どこか大きい町に売りに行こうにも、今の俺では転移魔法を扱えない。

収納魔法は使えなくもないが、あの魔法は使用中の容量に応じて、魔力の最大値が減ることになる。魔石のように軽くて高価な品ならいいが、毛皮や肉を長期保存するには向かない。

……保管容器でも作って、そこに入れておくか。

木などを上手《うま》く使えば、魔道具なしでもある程度の管理はできるだろう。溜《た》めるだけ溜めておいて、試験を受けるついでにでも売ればいい。

「と、いうわけで」

兄レイクと話していた父カストルが、再度口を開く。

「どんなに強い試験官が出てきてもぶちのめせるよう、鍛錬だ」

こうして、鍛錬が再開した。

この鍛錬は俺が領地を出るまで、毎朝の日課として続いていくことになる。

◇

その日の昼過ぎ。

俺は朝に決めた通り、狩りの前に、収穫品を入れる物置を作るため、木を切り倒していた。

昼飯の際に聞いた話では、このあたりにある木は勝手に切っていいそうだ。


「さて。木の質は……うん。微妙だな」


管理されていないだけあって、良くも悪くも自然林といった感じだ。

質が特別いいということもなければ、特別悪いということもない。

まあ、十分だ。


俺は収束度を上げた炎魔法で木を焼き切り、板をいくつか用意した。

それらを魔法で結合し、大きめの箱を作る。

作るの、だが。

「……酷い出来だ」


ここで俺は、前世で持っていた第一紋のありがたみを思い知ることになった。

第一紋は、生産系の魔法に向いた紋章なのだ。

その感覚で魔法を使おうとしたら、酷いことになってしまった。


接着面が不均等で、しかも込められた魔力がとても少ない。

この箱は保管に使うだけだから問題はないが、本格的な装備を作るためには、第一紋の手助けが必要だろうな。

などと考えながらも、俺は今日も動物を狩り、毛皮を保管して肉を家へと持ち帰った。

その際――


「今日も、たまたま木にぶつかった鳥とかが手に入ったよ」

「綺麗に皮をはがれて、内臓まで処理されてか？」

「それはきっと、ちょうどいい具合にぶつかったんだよ」

「その言い訳、自分で言ってて無理があるとは思わないか？」

「……思う」

「お前が強いのは分かってるんだ。動物を倒したくらいであれこれ言わんから、堂々と持ってこい。肉が余ったら村人にでも売って、学費の足しにしてやろう」


などという会話があり、俺の狩りは晴れて家族公認となった。


こうして俺の鍛錬と強化は、順調に進んでいく。

そこにちょっとした転機が訪れたのは、俺が記憶を思い出してから、数年が過ぎた頃のことだ。

村の森に、魔物が現れたのだ。

俺《おれ》が九歳になって、半年ほどが経過した。
休まず鍛錬していただけあって、体力や魔力も良い感じに伸びてきた。

「領民どもを集めろ！　できるだけ強い奴《やつ》だ！」

そんなある朝、俺が起きると、ビフゲルがこんなことを叫《さけ》んでいた。
誰《だれ》かに呼ばれたとかで、今日は父カストルが家にいない。
抑える人間がいなくなったせいで、いい気になっているのかもしれないな。

しかし、それと領民を集めることの関連性は、よく分からない。
頭数を集めて、俺をボコるつもりだろうか。だったら、綺麗《きれい》にビフゲルだけ返り討《う》ちにしてやろう。巻き込まれる領民たちが可哀想《かわいそう》だ。

「マティアス、お前は来るな。家でじっとしてい……いや。今日は森に出た方がいいぞ！」

スルーして、こっそり家を出ようとしたのだが、ビフゲルに見つかってしまった。
手抜きせずに、隠密系の魔法でも使えば良かったかもしれない。
一瞬そう思ったが、かけられた声の内容は、俺の予想を遥《はる》かに超えていた。

ビフゲルが、俺の外出を推奨している……？
まさかビフゲル、ついに正気に戻って――

「マティ。今日はやめておいた方がいいよ。森に魔物が出たんだ」

戻って、いなかった。なんだ、俺に死んでほしかっただけか。それでこそビフゲルだ。安心したぞ。

レイクが教えてくれなければ、勘違いをしてしまうところだった。
魔物と聞いて、俺は【受動探知】を使い、森の中の様子を探ってみる。
すると、普段の俺では探知できないような距離に、魔物の反応が見つかった。
見つけられたのは、別に【受動探知】の調子が良かったとかいうわけではない。
反応のサイズが、大きかったのだ。

もちろん、前世で見た強力な魔物に比べれば小さい反応ではあるが、最下級の魔物に比べると、遙かに大きい反応。

最もマシなパターンでもビフゲルなら十秒と持たないだろうし、レイクでも三十秒もたせるのが限界だろう。

だがこの魔物には一つ、最も簡単な対処法がある。

「放っておけばいいんじゃないか？」

遠くから動きを見る限り、この魔物は、村の存在に気付いていないようだ。

当然、襲ってくる様子もない。放っておけば勝手にいなくなる可能性が高い。

父カストルが帰ってきても、恐らく勝てるだろう。わざわざビフゲルが領民を集めて挑む意味など、一つも見当たらない。

「我が領地を踏み荒らす魔物を、放っておけるか！　この俺の手で、絶対に討伐する！」

おお。珍しくビフゲルが、ちゃんとした貴族っぽいことを言っている。

今ので理由が分かったぞ。ビフゲルは手柄がほしくて、魔物に挑もうとしているんだな。

「レイク兄さん、止めないの？」

ビフゲルが一人で挑むというならともかく、領民達が可哀想だ。

「僕もそうしたいのは山々だけど、それはできないんだ」

「なぜ？」

父カストルがいなくとも、長男である兄レイクの反対があれば、領民達が従う必要は無くなると思うのだが。

ビフゲルは領民にも嫌われているようだから、自主的に従うような奴もいないだろうし。

「この俺が次期当主候補の筆頭、つまり領主の代理だからだ！」

そんな俺の問いに答えたのは、ビフゲルだった。

領主がいないとき、次期当主が代理を務めるのは分からなくもないが――

次男の上、馬鹿《ばか》を絵に描いたようなビフゲルが、次期当主候補筆頭……？

「いやはやご冗談を」

思わず、変な言葉遣いになってしまった。

あり得ないよね？　という気持ちを込めて、俺は兄レイクの方を見る。


「事実だよ、マティ」

なん……だと……


「マジで？」

「残念ながらね。……次期当主の選定基準にも、色々な決まりがあってね。栄光紋とか魔法技術が関わってくると、次男の方が上になったりするんだ」

栄光紋というと、ビフゲルのたわごとに含まれていた単語か。

そのたわごとに、兄レイクまでもが同調している……？

俺は思わず探知魔法を発動し、誰かが俺に幻覚をかけていないかどうか確認する。

しかし、幻覚魔法の痕跡は見つからなかった。

兄レイクにも、精神操作系の魔法はかかっていない。一体何が起きているというのか。

「その辺は、国の規定みたいなんだけど……ああ。あった」

そう言いながら兄レイクは、一枚の紙を引っ張り出した。

タイトルは『エイス王国貴族・次期当主選定基準』となっており、何やら大きくて立派な判が押されている。

試しに読んでみる。魔力や体力を鍛えるついでに勉強していたので、文字も普通に読めるようになったのだ。


〜〜〜〜〜〜〜〜〜〜〜〜〜〜〜〜〜〜〜〜〜〜〜〜〜〜〜〜〜

エイス王国貴族・次期当主選定基準

貴族家の次期当主候補は以下の基準に従って比較し、点数の高い者から上位とする。
ただし特別の事情がある場合は、この限りではない。
長男　プラス五点
長男以外　年齢差一つにつきマイナス一点

栄光紋　プラス五点
魔法技術　最も高い者にプラス三点
女性　マイナス二点
失格紋　マイナス二百点

～～～～～～～～～～～～～～～～～～～～～～～～～～～～～～


……点数制だな。

重要性の異なる複数のものを比べる際には有効な方法だが、こんなところにまで採用するのはどうなのだろうか。

いや。それはいいとして、貴族に求められるのは魔法の力じゃないだろ。ただの魔法バカが領主になってしまったらどうするんだ。


どうやらこの表によると、年齢や栄光紋、魔法の技術などがあれば、次男や女性でも当主になれるらしい。

逆に失格紋（ビフゲルが言っていたことが正しいとすれば、俺の紋章のことだ）を持った人間は、兄弟と二百歳近く差がないと、当主になれないと。

じゃあこの基準に従って、ビフゲルと兄レイクを比べてみよう。

兄レイクは長男なので、プラス五点。

ビフゲルは一歳差の次男で、栄光紋なので、プラス四点。


──なるほど。魔法技術次第では、順位が逆転するわけか。

そして兄レイクの言い方からすると、魔法技術はビフゲルの方が高いようだ。


これはまあ、そうかもしれないな。ビフゲルや兄レイクが魔法の練習をしているところは見たことがない。

そして、全く訓練を積んでいない場合の比較なら、第一紋は強いのだ。

まあ第一紋の成長率は低いので、まともに訓練をすれば、八歳で追い抜かされる程度の差なのだが。


「じゃあ、僕も参加で──」

「来るな」


ビフゲルが自滅するだけなら全く構わないが、兄レイクまで巻き込まれるとなると、放っておくわけにはいかない。

そう考えて立候補したのだが、秒速で却下された。まあ最初から来るなと言われていたので、ダメで元々なのだが。

「さっきは森に行けと言ったが、邪魔をされても困るな……。よし、お前は今日一日、玄関から外に出るな。これは当主代理としての命令だ。じゃあな」

更にビフゲルは、こう言い残して家を出て行ってしまった。

流石《さすが》に放っておくわけにもいかないのだろう。兄レイクもついていくようだ。

さて。俺はどうするかだが、当主代理に、玄関から出るなと命令されてしまった。当主命令では仕方がないな。

仕方がないので、窓から出ることにしよう。

玄関以外からなら外に出てもいいだなんて、当主代理様がお優しくて助かったぜ。

哀《あわ》れな領民たちを無理矢理同行させたビフゲルは、村人のうち一番体格の良さそうな奴を先頭に立て、周囲を他《ほか》の村人達に固めさせた上で、意気揚々《いきようよう》と森に入っていく。

兄レイクの立ち位置は、一番後ろだ。

手柄を取られないようにしつつ、いざという時には役目を押しつけるためだろうか。

俺はそこから二十メートルほど離れて、後をつけていた。
気付かれないよう尾行するにしてはかなり近い距離だが、相手が対策魔法を使っていなければ、魔法でいくらでもごまかせる。
目的はもちろん、ビフゲルの暗殺——ではなく、ビフゲル以外の参加者を守ることだ。
その結果として、たまたま偶然、運悪くビフゲルだけが死ぬようなことがあるかもしれないが、それは俺の関知するところではない。自業自得《じごうじとく》である。

「それで魔物ってのは、どっちにいたんだ？」

ビフゲルが、領民の一人に聞く。

「森の奥です」
「奥ってことは……どっちだ？」

そんなことも分からないのに、出兵したのか……。

「今どこにいるかは分かりません。見つけたのは結構前なんで、もう移動しちまってるかも……」

「チッ、使えん奴だ。——まあいい。適当に歩いてれば、そのうち見つかるだろ。行くぞお前ら！」


作戦がずさんだ！

ビフゲルはこの森の広さを、どのくらいだと思っているのだろう。

適当に歩いていては、下手をすれば一週間かかっても、魔物の元には到着できないだろう。

この尾行、いつまで続くのかな……などと思いつつも、俺は追跡を続けるのだった。


——二時間後。


「ビフゲル様。手分けをするのはいかがでしょう」

あまりに魔物が見つからなかったためか、領民の一人がこんな提案をした。

ナイスだ領民！

……しかし、だ。

「お前は馬鹿か！　そんなことできる訳がないだろう！」

ビフゲルは反対した。

「もし俺に何かあったら、どうするつもりだ！」

ビフゲルに何か……えーと、喜ぶ？

などという回答を、領民ができるはずもなく、作戦は頓挫《とんざ》した。

「そんなマネをせずとも、俺のカンで見つけてやる！　次は向こうだ！　さっさと歩け！」

結局、カンかよ。

しかもそのカンが、当たっているからタチが悪い。

何の偶然かは分からないが、今ビフゲル達が歩いている方向は、ちょうど魔物に向かうような方向なのだ。

距離が近づいたせいで、魔物の種類も少しつかめてきた。

恐らくは熊《くま》や虎《とら》といった、四足の動物が魔物化したものだな。

魔物にしてはかなり小さい体だが、それはこの魔物が弱いということではない。

むしろ逆だ。魔力反応の大きさが同じなら、体が小さい方が魔力の密度は上がり、戦闘力も高まる。

この規模の魔力反応の中でいえば、最悪のパターン。父カストルでも、一対一で勝てるかどうかは怪しいところだ。


それから十分ほどして、討伐隊は魔物の少し手前までたどり着く。

あと十秒もすれば、魔物が視界に入るだろう。

ビフゲル達が魔物に近づいていくのを見て、俺は討伐隊と少し距離を開け、魔物（虎ではなく、熊だった）の側面に立つように位置取った。


問題なのはここからだ。

ビフゲルは領民に周囲を固めさせており、必然的に魔物と最初に戦うのは領民ということになる。

その段階で俺が手を出して魔物を倒せば被害は防げるが、それだとビフゲルは魔物を舐《な》めたままになるし、「俺でも倒せる獲物を、横取りされた」などと言いがかりをつけられかねない。魔物を倒すことよりも、倒した後の処理が面倒なのだ。


だが、それだけのために無関係な領民に被害を出すのも問題だ。

どうしたものか、と考えながら様子をうかがっていると、状況が動いた。

それも俺にとって、最善に近い方向で。


「俺の獲物だ！　お前らは手を出すな！」

ビフゲルが魔物を見つけ、周囲の護衛を無視して前に出たのだ。一体何のために周囲を固めさせたのだろうか。

これだけ派手に騒げば、魔物も当然ビフゲルの存在に気付く。

背中を見せていた熊の魔物が向き直り、ビフゲルに向かって走り出す。

対するビフゲルは剣も構えずに片手を前に突き出し、何やら訳の分からないセリフを叫び始めた。

「我が体に満ちる火の魔力よ、一筋の矢となりて、我が前の敵を穿《うが》て！」

セリフとともにビフゲルの手に魔力が動き、ポヒュッ、という小さな音を立てながら現れた火の矢が、熊の方へ飛んでいく。

熊は火の矢を避《よ》けようとさえせず、真《ま》っ直《す》ぐビフゲルへと走っている。

そして火の矢が熊の目に直撃し……消滅した。熊は全くの無傷、ノーダメージだ。

これは……魔法か？　しかし、それにしてはあまりにも稚拙《ちせつ》というか、お粗末《そまつ》だ。いくら魔物が魔法耐性を持っているとは言っても、最大の弱点の一つと言ってもいい目に当たって無傷など、まともな魔法ならまずあり得ない。

威力もそうだが、変換効率もおかしい。手に集まった魔力は微々たるものだが、それでもちゃんと変換できていれば、あの数十倍は威力が出てもおかしくないはずだ。

そもそも、最初の恥ずかしいセリフは何のためにあった？


「なっ……」

「ビフゲル様の……栄光紋の魔法が効かない⁉」

「こいつ、ただの魔物じゃないぞ！　極魔種だ！」


その様子を見て、討伐隊一行が驚きに包まれた。

どうやら彼らにとって、ビフゲルの魔法（？）が通じないというのは衝撃的なことらしい。パニックに陥《おちい》って意味不明な方向へと走り出す人間までいた。

中でも一番驚いているのはビフゲル本人のようで、ほとんど動けないでいるところに熊の爪《つめ》を受け、数メートル吹き飛ばされた。

周囲が固まる中、唯一まともな判断力を残していた兄レイクが、熊の爪を剣で受け止める。

「撤退だ！　ここは僕が食い止める！　早く撤退を！」

だが、地力があまりにも違う。

兄レイクの剣も、あっという間に押し込まれる。このままでは三秒ともたない。

……まあ、三秒もあれば十分なのだが。

兄レイクの剣が押し切られる前に、俺は挑発魔法の一つ、【強制探知】を発動する。

精度には個体差があるものの、ほとんどの魔物は無意識のうちに【受動探知】を使っている。

【強制探知】は、その魔物に向けて魔力を浴びせることで、自分の魔力反応を大きく見せる魔法だ。

弱すぎると無視され、強すぎると逃げられてしまう、ある意味で調整の難しい魔法なのだが——

うまくいったようだ。

【強制探知】が発動した次の瞬間、熊の魔物は兄レイクから腕を放し、一目散に俺の方へと向かってきた。


「マティ、なぜここに！　早く逃げるんだ！」


叫ぶ兄レイクを無視して、俺は魔力を練る。

魔物が到達するまでにかかる時間は、およそ四秒。十分すぎる。


俺は胸の前に両手を構え、体内の魔力を一気に集中させる。

集まった魔力に指向性を付与し、同時に圧力へと変換。

そして体術で魔物の腕をかわし、すれ違いざまに心臓へと叩《たた》き込む。

流石にこれだけでは倒せないが——動きが鈍《にぶ》れば、それで十分だ。

俺は家から持ってきていた剣を抜くと、身体強化と【魔力撃】を乗せ、一撃で首を切り落とした。

「マティ！　ここは僕が……あれ？」

魔物を追いかけてきた兄レイクが、倒れた魔物を見て惚《ほう》けた顔をする。

そこで俺も、今の状況に気付いた。

討伐隊のうち兄レイク以外は草木に遮《さえぎ》られ、魔物が倒されたことに気が付いていない。あの恐慌状態を見るに、多少不自然な演技であっても、そこに気付く余裕を残した者はほとんどいないだろう。

これはもしや……チャンスではないだろうか。

手柄を、押しつけてやる！

「レイク様が、魔物を倒したぞ！」

俺は魔法で声色《こわいろ》を変化させ、村人のふりをして叫ぶ。

「え？　え？」

状況を理解できていない兄レイクに、俺は声を落として告げる。

「僕はここに来てない。魔物はレイク兄さんが倒した。おーけー？」

「どうして、そんなことを……？」

「僕が外に出ているのがバレると色々と面倒だし、手柄なんていらないんだ。それに、レイク兄さんが次期当主になってくれないと……」

ビフゲルが次期当主だなんて、考えただけでも恐ろしい。

安心して領地を出て行けないじゃないか。

「でも、手柄を横取りだなんて――」

「じゃあ、僕が円滑に領地を出られるように後押ししてほしいかな。じゃあ、また！」

話しているうちに、領民達がこちらへ来たようだ。

俺が見つかっては元も子もないので、いったん距離を取って、気配を消しながら見守ることにする。

「ま……魔物は、倒された！」

村人が集まってから、兄レイクがぎこちなく宣言した。
後ろめたそうなのはマイナスだが――どうやら、バレてはいないようだ。
誰が倒した、とは言っていないのがポイントだな。
さて、俺も家を出ているのがバレる前に、帰るとするか。

――ちなみにビフゲルは、魔物の爪がちょうど防具の分厚い部分に当たったようで、軽傷を負っただけだった。
運の良い奴である。

◇

それから、二日後。
俺はなぜか、帰ってきた父カストルに呼び出されていた。
それも、一人で。

「来たか、マティ」

俺が来たのを確認して、父カストルが口を開いた。

「おとといの件は、知っているか？」

「はい。レイク兄さんが、魔物を倒したことですよね？」

「ああ。『レイクが』極魔種の魔物を倒したらしいな。俺も死体を見たが、素晴らしい太刀筋《たち》だったぞ」

「レイク兄さんは、剣の名手ですからね！」

父カストルの指導を受けているせいだろうが、兄レイクは領内で、剣の名手という評価を受けていた。

ちなみに極魔種というのは、魔物のうち、小型で高密度の魔力を持った種類を指すらしい。

はっきりした基準はないようだが、あの熊の魔物は、極魔種に分類されるようだ。

「ああ。あのランクの魔物の首を一撃で落とせる奴なんて、そうはいないぞ。お前達に渡している剣でそれを成し遂げられる奴となると――最早、化け物と呼んでいいレベルだな」

「レイク兄さん、すごいですね！」

魔物の種類だけでなく、わざわざ斬り方まで確認していたのか。

これは……バレたかもしれない。なんか、『レイクが』の部分を強調していた気がするし。

「いや。言っては悪いが、レイクじゃ無理だな。将来的にはともかく、今のレイクではな。今領内にいて、可能性がある者となると――」

「ビフゲル？」

「馬鹿を言うな。お前以外いないだろ」

「……ナ、ナンノコトカナー」

いや。自分で言っていても、ビフゲルはないと思ったが。

適当に農民のおっさんの名前を挙げたほうが、まだ説得力があった。

「まあ、気持ちは分かるぞ。レイクを次期当主にしたいのは、俺も同じだからな。……だからお前がいいなら、そこを追及する気はない」

意図までバレていたか。

そのままにしてくれるというのであれば、お言葉に甘えておこう。

「ただ、手柄はともかく、戦利品は倒した奴が受け取るべきだ。素材は扱いが面倒だからこちらで現金化して、領地を出るときに持たせてやろう。レイクの許可も取った――というか、レイクから言い出したことだからな」


……父カストルがわざわざ切り口を確認した理由が、分かった気がした。

いきなり俺に素材を渡すとか言い出したら、怪しまれて当然だ。


「ということで、これは渡しておこう。マティが……いや、レイクが倒した魔物から出てきた魔石だ。これは保存が簡単だし、使い道も色々あるからな」

「ありがとう」


父カストルは俺に魔石を渡して、どこかへ行ってしまった。

魔石か。

前世の俺であれば、自分で加工したところなのだが……第一紋以外だと、加工のクオリティーがガクッと落ちるんだよな。

今は魔石のままで持っておいて、後で腕のいい職人を探して、加工を頼むことにしようか。

しかしこのサイズの魔石って、地味に使い道に困るんだよな。強力な魔道具を作るには少し小さいし、生活用の小魔法を込めるには大きすぎる。純度は悪くないから、いっそ砕いて魔法薬の材料にでも――

「マティ、頼みがあるんだ」

魔石の使い道を考えながら歩いていると、兄レイクに声をかけられた。

「素材の話なら、もう父上から――」

「いや。それとは別件だ。あれは元々、マティのものだからね。そうじゃなくて、僕に魔法を教えてほしいんだ」

「魔法を？」

「ああ。正式にビフゲルから次期当主の座を奪うには、やっぱり魔法で勝たなくちゃいけないんだ。でも、この領内には魔法を教えられる人がいない。そう思っていたんだけど……あの熊を倒すとき、マティは魔法を使っていたよね？　それも、無詠唱で」

俺が魔法を使ったことに、気が付いていたのか。

あの時使った魔法は炎魔法ほど派手ではないが、【魔力撃】と違って、不可視というわけでもないからな。

ビフゲル降ろしのために魔法の指導をするのは、もちろん問題ない。

だが最後の方に、よく分からない部分があった。

「魔法は使っていたけど……むえいしょうって、何？」

むえいしょう……聞いたことのない名前だ。

俺があのとき使ったのは、特に名前の付いていない魔法だったが、今の時代では名前が付いているのだろうか。


「無詠唱は、詠唱をしないことだけど？」

「……詠唱？」


えいしょう？　やはり聞き覚えが……

いや。そういえば大昔、どこかの歴史書か何かでそんな名前を見たことがあったかもしれない。

魔法を使う際、決められた言葉を唱《とな》えるだとか書いてあった気がするが、あまりに非効率かつ無意味な方法なので、すぐに廃《すた》れたと本にはあったはずだ。

言われてみればビフゲルが魔法らしきもの（あれを魔法と呼ぶのは、魔法に対する冒瀆《ぼうとく》だと思う）を発動した際、何やら無意味なたわごとをつぶやいていた気がするな。

「魔法を使えるのに、詠唱を知らない……？　詠唱っていうのは、ビフゲルがやってたみたいな……ちょっと見ていてくれるかい？」

そう言って兄レイクは、森の端にあった木の前に立ち、片腕を前に突き出した。

「我が体に満ちる火の魔力よ、一筋の矢となりて、我が前の敵を穿て！」

兄レイクが唱えたのは、ビフゲルと全く同じセリフだった。

そして、集まる魔力が少ないところも、変換効率が最悪で、極めて低威力なところまで一致している。

いや。おそらくは紋章の差だろうが、威力に関してはビフゲルより酷《ひど》い。

全く訓練を積んでいない状態では、第一紋（現代では、栄光紋と呼ばれているらしい）が一番強いのだ。

「これが、詠唱だよ。マティがやっていたのは、詠唱を使わない魔法だから、無詠唱と呼ばれている。それって、かなりの高等技術なはずなんだけど……」

——なるほど。

今の世界の魔法は、想像以上に酷いらしい。

ビフゲルのあれが目標だとしたら、それを超えさせるのは簡単だ。超えないように指導する方が、逆に難しいくらいである。

だがその前に、一つ聞いておかなくてはならない。

「レイク兄さんは、ビフゲルに勝つために魔法を学びたいの？　それとも、魔法戦闘の道に進みたいの？」

「魔法の道に……いや。僕は魔法を鍛えるより、領地を豊かにしたいかな。魔法はそのための手段だ」

なるほど。

もし『魔法の道に進みたい』と答えたら、魔力上げとセットで、地獄の体力トレーニングを課したところなのだが……ビフゲルを超えるだけで良いのなら、もっと手軽な方法があるな。

「分かったよ。それじゃあ、まずは詠唱をやめようか」

俺がそう言うと、兄レイクは驚いたように目を見開いた。

「いきなり無詠唱かい⁉　流石に無理があるんじゃ……」

「詠唱の方がよっぽど無理だよ」

魔法の使用には、精神の安定も要求されるのだ。

あんな恥ずかしいセリフを叫びながら、ちゃんとした魔法が使えるわけがない。

「じゃあ、どうやって魔法を？」

「それはもちろん、こうやって手に魔力を集めて……」

言いながら俺は、右手に魔力を集める。

別に足や頭に魔力を集めても問題はないのだが、初心者にとって扱いやすいのは、やはり利《き》き手だろう。

ここまでは、簡単にできると思っていたのだが――

「魔力を集める？　どうやるんだい、それ？」

魔力の集め方を知らない……だと……？

兄レイクよ、今までどうやって魔法を発動していたんだ。

もしや、詠唱とやらに秘密があるのか？

「ちょっと待って。実験したいことができた」


俺は言いながら、兄レイクが試し撃ちの的にしていた木に手を向ける。

そして恥ずかしさをこらえながら、さっきの詠唱とやらを真似《まね》てみる。


「我が体に満ちる火の魔力よ、一筋の矢となりて、我が前の敵を――」


すると、俺は魔力を全く操作していないにもかかわらず、魔力の一部が手へと集まった。

まるで外部から、体内の魔力を強制的に操作されたかのような感覚だ。

さらにそれが、極めて非効率な方法で魔法へと変換されようとして――途中で変換が止まり、魔法の発動がキャンセルされた。

俺が反射的に魔力を制御したせいで、勝手に行われていた変換を邪魔してしまったらしい。


……これ、自然の現象じゃないな。

俺が転生するまでの間で、誰かが意図的に、こういうシステムを作ったのだ。

魔力の操作を知らないまま、極めて非効率な魔法が使えるようにするシステムを。

しかし、何のために？

魔法を使いやすくするというのが自然な考え方ではあるが、それにしては使いにくすぎる。声をトリガーにしたいのであれば、もっと短くて単純な起動ワードで十分だし、そもそもこの程度の魔法なら、魔力さえ扱えればどうとでも発動できる。補助する意味がない。

今の状況を考えると、むしろこれは魔力の操作を覚えさせないことで、魔法の発展を——

「マティ、急にだまりこんで、どうしたんだい？」

おっと。つい考え込んでしまっていた。

兄レイクに魔法を教えるんだったな。

幸い今ので、問題点ははっきりした。克服《こくふく》の方法もだ。

「魔力操作の教え方を考えていたんだけど……いい方法を思いついた」

「いい方法？」

「うん。魔法を詠唱するとき、魔力の動く感覚があるよね？」

「魔力が動く感覚なのかは分からないけど、不思議な感じがするね」

「それを、邪魔してみるんだ。魔力を操作する感覚が、少しつかめると思う」

「魔力の動く……試してみよう」

そう言って兄レイクは、再度あの詠唱をする。

結果、魔法は発動したが……その際、魔力の動きに少し乱れがあった。

「今の感覚なんだけど……つかめた？」

「何となく。もう一度やってみよう」

そう言って兄レイクは、同じ詠唱を繰り返す。

今度は、ちゃんと動きを止められたようだ。魔法は発動しなかった。

「よし。次は何をすれば？」

「今度は止めるんじゃなくて、詠唱に頼らず、自分の力で魔力を動かすんだ。利き手に集めてみると、やりやすいと思う」

「分かった」

兄レイクの魔力が、右手に集まっていく。中々筋がいいな。領主にしておくのがもったいないくらいだ。

数百年も修行を積めば、いい魔法戦闘師になるだろうに。

だが、今はそれをする時ではない。

「じゃあ次は、手の先に炎が出るのをイメージして。あまり大きい炎だと出力不足で上手《うま》くいかなかったりするから、最初は小さいのから始めるといいと思うけど……」

俺がそう言った直後、兄レイクの手の先に、小さな炎が灯《とも》った。
これなら、あとは放っておいても、明日にはビフゲルを軽く超えるだろうな。
ただ、それだけではもったいないので、簡易的な練習の方法を教えておこうか。
もしかしたら、魔法戦闘の方に興味を持ってくれるかもしれないし。

「できたみたいだね。あとは自分でつけた炎をよく観察して覚えて、イメージを固めるといいと思う」

魔力を魔法に変換する際、一番大切なのはイメージだ。
手っ取り早く魔法の威力を上げようとすれば、イメージを正確にするのが一番早い。
……まあ、扱える魔力量の関係で、それだけだと頭打ちになるのも早いのだが。

「イメージ？　炎のイメージは、そんなに難しくないと思うけど……」

「本当に？　じゃあ、ちょっと炎の絵を描いてみて」

「分かった。こんな感じで……あれ？」

兄レイクが木の枝で地面に描いたのは、かなり大雑把《おおざっぱ》にデフォルメされた、コレジャナイ感あふれるものだった。

何かが違うことは兄レイクにも分かっているようだが、どこを修正すればいいのかは分かっていないようで、修正をしようとすればするほど、絵は炎に見えなくなっていく。

「ね？」

イメージというのは、自分で思っている以上にあやふやなものなのだ。

だから形にしようとしても、絵なら思ったのと違う形になってしまうし、魔法なら変換効率が落ちてしまう。

現象を正確に理解、記憶し、魔法で再現する。それが魔法を鍛える第一歩なのだ。

兄レイクも、早速実践してみたらしい。炎を見ながら魔力を集めた兄レイクが作った炎は、以前より少し大きく見えた。

「なるほど。これで威力が上がったわけだ……マティ、君は本当に九歳かい？」

「九歳じゃなきゃ、何歳だって言うのさ」

今の俺は、あくまで九歳だ。

前世からカウントすると、千ウン百歳になるわけだが。

「いや。九歳なのはよく分かってるんだけどね。マティの魔法や剣を見ていると、とてもそうは思えなくなってくるんだよね。九歳どころか、現役《げんえき》バリバリの冒険者でも勝てる人は少ない気がするよ。兄馬鹿かな？」

今の世界のレベルをよく知らないから正確なことは言えないが、流石に現役冒険者相手ではきついんじゃないだろうか。

体のサイズとか、基礎体力が違いすぎるし……。

ちなみに、父カストルにはもう勝てるようになった。【魔力撃】と身体強化を使っての話だが。

「マティに追いつくのは無理だろうけど、僕も頑張ってみるよ。これでビフゲルに負けたりしたら、笑えないからね」

そう言って兄レイクは、魔法の練習を再開した。

兄レイクがビフゲルの数百倍の威力を持った炎魔法を発動し、領地一の魔法使いとしての評判を得たのは、それから一週間後のことである。

◇

兄レイクが次期領主候補となって少し経《た》ち、俺が十一歳になった頃《ころ》。

俺がいつも通り、鍛錬をするために外に出ようとしていると、村人の一人が領主館へと駆け込んできた。

「大変だ！　領主様はどこに……」

「俺はここにいる。どうかしたか？」

父カストルの顔を見るなり、村人は答えた。

「火事だ！　理由は分からねえが、山の木に火がついてやがる！　近くにいた奴らを呼んで消そうとしたんだが、勢いが強くて手に負えねえ！」

……山火事か。

確かに、最近はかなり暑く、乾燥していたからな。何かきっかけがあって、自然発火したのかもしれない。

「……場所は？」

「向こうの方に村を出て、一キロくらい行ったとこだ！　エイラの家が近くにある！」

エイラの家の方というと、確か村人の家が集まっている辺りだな。

家のほとんどは木やワラでできていたはずなので、火がつけばあっという間に燃えてしまうはずだ。

「最悪じゃないか！　……すぐに向かう！　レイク、マティアス、ついてきてくれ！」

父カストルは、俺と兄レイクの名前を呼びながら、火事が起きた場所へと走り出そうとする。

しかし、スルーされたビフゲルが黙っていなかった。

「なぜ俺ではなく、マティアスを呼ぶんだ！」

「悪いが、お前が来ると話がややこしくなる！」

「それなら、失格紋の方が――」

「すまんビフゲル、今は時間がない！」

「うっ……」


父カストルはビフゲルの首の後ろに手刀を入れ、気絶させる。

身体《からだ》にダメージや後遺症の残らない、スマートな気絶のさせ方だな。

俺としては、適当に炎魔法か何かで吹き飛ばした方が後腐れがなくていいと思うのだが。

倒れたビフゲルを無視して、俺達三人は火元へと走り出す。

鍛え方の違いもあって、村人を置いていく形になってしまったが、

「これはひどい……」


村人が『手に負えない』と言っただけあって、炎はかなり燃え広がり、すでにかなり強くなっているようだ。

レイクはもちろん、俺の魔法でも一気に消すのは難しいだろうな。

唯一の救いは、風が村のある北ではなく、西に向かって吹いていることだろうか。

「レイク、魔法で消し止められるか？」

「これは無理だよ！」


言いながらレイクは、俺の方に視線をやった。俺の魔法で何とかできないかと聞きたいのだろう。

その視線に対し、俺は首を横に振った。

残念ながら、魔法だけでの対処は不可能だ。


「くっ……水を運ぶぞ！　人を呼んでこい！　ありったけの桶《おけ》を用意して——」

「桶の水なんかで、これが何とかなるんですかい⁉　近づくのも難しいってのに——」

「分からん！　だが今は、できることをするしかない！」

「水じゃ無理だ！　それより、もっといい対処があるよ！　父上、レイク兄さん、剣は持ってるよね？」

「剣でどうするんだ！」


考えてみると、この辺りの土地がここまで乾燥していたことは、俺が生まれてから一度もなかった。

もともと山火事が起きない土地であれば、対処法が分からないのも仕方ないか。

「周囲の木を切り倒して、延焼を防ぐんだ！　それで、村への被害は防げる！」

防火帯といわれる、山火事への対処法だ。

前世であれば消火用の魔法が色々あったのだが、今の俺ではこの規模に対処するのは難しいので、物理的な方法に頼ることにする。

「そんなことが可能なのか？」

「少なくとも、水をかけるよりは有効なはずだ！」

俺はそう言いながら、手近にあった木を一本切り倒す。

幸いこの辺りの木はそこまで堅くないし、太くもない。

俺や父カストルなら一太刀で切り落とせるし、兄レイクだと少し時間はかかるものの、一応斬れるはずだ。

ビフゲルは……置いてきて正解だったな。うん。

「木を一撃で切り倒した⁉　しかも、斧《おの》じゃなくて剣で！　レイクさんの魔法がすごいってのは聞きましたが、マティアスさんはそれ以上に――」

「……分かった！　マティの言う通りにやってみよう！　木を切れない奴は、斧《おの》を扱える奴を呼んでこい！」

「はい！」


父カストルの指示で、周囲に集まっていた村人が一斉に動き出した。

俺は森の、村に一番近い一角にある木を切り倒しながら、周囲の魔力反応を探る。

炎を直接探知するのは難しいが、炎は熱によって、気流を作る。

その影響で動く魔力を探知すれば、炎の様子はある程度正確に探れるのだ。

「次はあっち！　あと、そこにいる五人は、向こうにある木を切ってくれ！」

得られた結果をもとに、俺は村への被害を最小化するように周囲の村人へと指示を出す。

俺はまだ十一歳だが、領主の息子であるおかげか、村人達は俺の指示に従ってくれた。

「おお！　炎が止まった！」

木を切り始めてからしばらく経った頃、村から二百メートルほどの距離を保った状態で、炎の進む勢いが止まった。

だが、まだ安心はできない。森は横にも広がっているため、ぼやぼやしていると防火帯を回り込まれてしまうのだ。


「次は向こう！　まだ油断しないで、延焼を防ぐんだ！」

そう言って俺は、風上のほうを示した。


「じゃあ、反対側はどうするんだ！　風の向きからして、炎はあっちに向かうはずだ！」

「反対は、一人でなんとかする！　巻き込まれると危ないから、二人は向こうへ！」

父カストルの質問に、俺は答えながら東へと走り出す。

炎の風下側は、急に状況が変わる可能性が高い。火事をよく理解していない者が立ち入ると、巻き込まれる可能性が高い。

だから、一人で対処する。

「たった一人で、何ができるんだ！」

「考えがある！　いいから任せて！」

父カストルの質問に、俺は即答する。

「……よし、信じる！　炎が止まったのも、マティの指示のおかげだしな！　だが無理だと思ったら、あきらめて戻ってこい！」

「分かった！」

俺だって、一人でこの規模の火事を何とかできるわけではない。できるのであれば、最初からやっている。

ただ、こちら側であれば一人で対処できるので、残りを人に任せただけだ。

俺は周囲の魔力反応を探り、炎の動きや周囲に人がいないことを確認しながら、まだ燃えていない森を駆け上がる。

それと同時に土魔法を使い、地表の土にわずかな加工を施す。

別に、延焼を防ぐ魔法というわけではない。表面を少しだけ圧縮して、水を通しにくくするだけだ。

傾斜などを計算し、俺は水が流れるルートを作りながら、森を登る。

そして、炎よりも高い位置へと登り終えた俺は、体内に残った魔力をまとめて練り上げ、地中へと染《し》みこませ、土に含まれる水を吸い上げる。
土には大量の水が含まれているため、純度を考えなければ、魔法で一から作るより遙かに大量の水を、簡単に確保できるのだ。

「さあ、行け！」

そして俺は、土魔法で作った道に、吸い上げた水を解き放つ。
水は地面に染みこむことなく、草や落ち葉、そして木などを押し流しながら、斜面を下っていった。

水の位置エネルギーというのは、結構馬鹿にならないものなのだ。
まあ、斜面がないと使えない手段だから、他は剣や斧で何とかすることになったのだが。

「……成功だな」

俺は周囲の様子を確認し、延焼の原因になりそうな位置に残った木を切り倒しながら、斜面を下っていく。

そうして十分もしないうちに、防火帯が出来上がった。

「父上、こっちは終わった！」

「こっちもだ！　次はどうすればいい！」

俺が父カストルの元に戻った頃には、風上側もすでに伐採が完了していたようだ。

「これで、もう問題ないはず！」

雲の様子からして、風向きは当分変わらないはずだ。

「本当か？　風下はどうなった！」

言いながら父カストルは、俺が水で押し流した方へと走り出す。

「い、一帯何が起きればこうなるんだ……」

そして、水流によってなぎ倒された木々を見て驚愕《きょうがく》の声を上げた。

ちなみに、水がちゃんと逃げられるよう、斜面の一番下には少し細工を施しておいたので、村に水流の被害は出ていない。

「丁度《ちょうど》いい場所に、小さい池みたいなのがあったから、そこの壁を崩したんだ」

「……ここの上に、池なんてあったか？」

「狩りの途中で、たまたま見つけたんだ。水質が悪くて用水には使えそうになかったんだけど、思わぬところで役に立ったよ」

「……そんなの、よく覚えてたな。しかし、山火事を一日で鎮火か……。マティ、やっぱり領地に残って――いや。マティをここにとどめておくことこそ、世界の損失だな」

父カストルがつぶやく横で、兄レイクがこちらを見た。

それから、水浸しになった地面に目をやり、もう一度俺に視線を移して、魔法で手から水を出しながら、首をかしげて笑みを浮かべた。

……どうやら兄レイクには、魔法を使ったことがバレていたらしい。

魔法や体力を鍛えながら待っているうちに、俺《おれ》は十二歳になった。

ちょうどいいことに、王立第二学園の試験も、近いうちに行われるそうだ。

父カストルは剣術の練習相手がいなくなるのを残念がっていたが、兄レイクによる説得もあって、俺はすぐ試験に行けることになった。

今日はその、出発の日だ。


「マティ、やっぱり領地に……」

「父上、この期《ご》に及んでそれはないでしょ……。マティを領地に閉じ込めておくなんて、世界の損失だよ？　剣術の神ロイター様に対する反逆と言ってもいいくらいだよ？」


いや、そこまでは言ってもよくないと思うが。

ちなみにロイターというのは、今の世界で信仰されている神の一柱の名前のようだ。

前世で知り合いだった剣術バカと同じ名前なので、覚えやすかった。

「それは分かってるんだがな……。やっぱり剣術の相手が――」

「剣術の相手なら、僕がいるじゃないですか」

「レイクもかなり強いんだが、ただのパワーファイターじゃないか！　技術もあるマティとの訓練は、また別なんだ！」


兄レイクは俺が教えた魔力操作から、身体強化魔法の使い方を自分で習得したらしく、力ではすでに父カストルを圧倒していた。

剣術の腕は父カストルの方が遥《はる》かに上なので、勝率は三割そこそこのようだが。


「護衛は、本当にいらないんですか？」


そう聞いてきたのは、母カミラだ。

俺は今回、村に来ている行商人について王都へ行くことになる。

長男や上級貴族の息子だと体面などの問題もあって、そういう訳にもいかなくなるのだが……幸い（？）なことに俺は貧乏《びんぼう》貴族の三男、しかも失格紋だ。

次期当主選定基準を見ても分かるように、この国において第四紋（今は、失格紋と呼ばれているらしい）は、かなり下に見られている。

だからこそ逆に、ある程度自由に動くことができるのだ。失格紋万歳！

「マティに護衛を付けたところで、足手まといになるだけだ」

「でも、三年前みたいな魔物が出たら──」

「『倒せる』」


父カストルと、兄レイクの声がハモった。

三年前の魔物というと、例の熊だが……あれを倒したのは俺だし、二人はそのことを知っているからな。

実際あの程度の魔物は、目隠しをして座っていても倒せるだろう。

「ならいいんですが……気を付けてくださいね」

「うん。気を付けるよ」


俺はそう言って、行商人の馬車に乗り込む。

「坊ちゃん、忘れ物はありませんか？」

「大丈夫だよ。持ち物は少ないしね」

持ち物らしい持ち物など、剣と魔石、それから財布代わりの革袋くらいのものだ。しかも魔石と革袋は収納魔法の中である。実質、荷物は剣だけだ。

食料は行商人持ちだし、貯《た》めていた毛皮などは、すでに換金してしまったからな。

倒した魔物の素材と合わせて、合計金貨百二十五枚と銀貨七枚になったようだが、これが高いのか安いのかはよく分からない。


「では、出発しましょう！　護衛はいないので、敵なんかを見つけた時には教えてくれると助かります」

「うん。任せてくれ」

「頼もしいですな。坊ちゃんはえらい強いって話ですし、期待してますよ！」


全く期待していなさそうな声で、行商人は言った。その視線は、しっかりと周囲を見回している。

俺の強さに関する父カストル達の主張は、ほとんど信用されていないらしい。

まあ、自然な反応だな。いきなり「この十二歳児は強いぞ！」などと言われて索敵《さくてき》を任せきりにしてしまう商人がいたら、逆に心配になるところだ。

◇

何事もなく半日ほど進んだところで、俺は魔物の魔力反応を見つけた。

期待されてはいないようだが、索敵を頼まれていたので、一応伝えておく。

「ここから三キロくらい先に、魔物がいるよ」

「魔物……？　はっはっは。そんな遠くから分かる訳ないじゃないですか。ちなみに、どんな魔物なんです？」

このあたりはノイズになる魔力反応が少ないから、遠くの魔力が探知しやすい。

そのおかげで、結構遠くからでも、魔力の様子が割とつかめる。

「魔力反応のサイズは、三年前よりちょっと大きいくらいかな。ただ、体は結構大きい気がする。高さ四メートルくらい」

あの時の魔物とは、雰囲気が違う。恐らく体高四メートルクラスの、ワータイガーなどの類《たぐ》いだろう。

ワータイガーというのは要するに、二足歩行する虎だ。

「あっはっは。そんなの天災級じゃないですか。面白《おもしろ》いこと言いますねー」

そう言いながら行商人は、馬車を進めていく。

そして。

「……あれ？　そんな、まさか……本当に、天災級ですか？」

俺達は見事、魔物との遭遇を果たした。

うん。体高は四・五メートルほどだから、サイズに関しては少し見誤ったみたいだが……ワータイガーであることには変わりないな。

そのワータイガーが、鹿《しか》の死体を食っている。

「天災級かどうかは知らないけど、ワータイガーだね」

「どうして、もっと早く言ってくれなかったんですか！」

「いや、言ったけど……」

これ以上無いほどはっきり言ったし、返事も聞いたぞ。

「に、逃げましょう！　幸い魔物は鹿に気を取られて、まだ私達に気付いてはいないみたいですし、今のうちに引き返せば……」

いや、気付かれてるぞ。魔物の索敵能力はそこまで低くない。

俺達が鹿よりおいしそうだとも、脅威だとも思われていないせいで、後回しにされているだけだ。

だが、逃げるような動きを見せたりすれば……。

「うわぁぁぁ！　気付かれた！」

こうなる。

鹿の死体は逃げないので、逃げる俺達を優先したのだろう。ワータイガーはこちらに目を向け、襲いかかってきた。

だが残念。ワータイガーは俺達のことを獲物だと思っているようだが、実際には逆だ。ワータイガーが俺の獲物なのだ。

「急いで逃げ……どうして向かっていくんですか！」

ワータイガーに向かって突っ込んでいく俺を見て、行商人が声を上げる。

仕方が無いだろう。第四紋の魔法は強力な代わりに、射程が短いのだ。距離を詰めないと戦えない。

俺はワータイガーに走り寄りながら魔力を集め、それらをまとめて魔法に変換して剣に乗せる。

使う魔法は、身体強化、【魔力撃】【斬鉄《ざんてつ》】。魔力の制御力が上がったおかげで、まとめて三つ使えるようになった。

【斬鉄】というのは、剣の切れ味と、硬度を上げるための魔法だ。単体では【魔力撃】などに劣る魔法だが、他《ほか》の剣術強化魔法と一緒に乗せることで、極めて高い威力を発揮することができる。

ワータイガーの射程に入った俺に、鋭い爪《つめ》が振り下ろされる。今の体では、かすっただけでも即死する威力だ。

だが、当たらなければどうということはない。ワータイガーの動きは、読みやすいのだ。

「相手は天災級で――えっ⁉」

勝敗は一瞬で決した。

大振りの爪を前に踏み込んでかわした俺が、魔法によって強化された剣を心臓に叩き込む。

「よし、討伐完了！」

ワータイガーが、ゆっくりと倒れる。

「そんな、天災級を一瞬で……」

行商人が、呆《ほう》けたようにつぶやいた。

「さて。この死体、どうしよう？」

倒したはいいが、そこからのことなんて考えていなかったぞ。
行商人に聞いたつもりだったのだが、返事がない。
そちらを見ると、行商人は驚きの表情のまま、固まっている。意見無しと見ていいのだろうか。
となると、持ち運ぶのも面倒だし……

「魔石だけ取って、燃やすか」

放っておくと道に魔物が集まってきたりして、迷惑だからな。
使わないいなら、燃やして処理した方が——

「燃やす⁉　そんなもったいない！」

俺の言葉を聞いて、固まっていた行商人が再起動したようだ。


「いや、魔石は取るよ？」

「魔石以外はどうするんですか！」

「……燃やす？」

「あり得ません！　天災級魔物の素材を燃やすだなんて！」


……そういうものなのだろうか？

この程度の魔物なら、ここ一年くらいで二匹も見かけたし、そこまで貴重だとも思えないのだが。

「いいですか？　例えばこの爪、これ一本で、いくらになると思いますか？」


爪の値段か。

この魔物には、爪が合計二十本あるはずだ。行商人が指したのは、その中でも長く、武器に使いやすそうな爪だな。

魔物全体の値段が金貨百枚くらいだとして、大体の感覚でいくと……

「金貨七枚くらい？」

「ほぼドンピシャです。それは輸送費などを引いた値段なので、王都でこれを買おうとすれば、金貨十枚は堅いでしょう。買い取りでも八枚はいくはずです……それを坊ちゃんは、どうすると？」

「燃やす？」

「……どうしてそうなるんですか！」

「運ぶのが面倒だから」

目的地までは、まだ一週間以上かかるという話だ。

そんな距離を運ぶくらいなら、さっさと向こうまで移動して、そこで魔物を狩ればいいじゃないか。

魔石と経験値さえ手に入れば、用済みだと思うのだが。

今の世界での貨幣の価値はまだよく分からないが、このくらいの魔物を倒して百枚手に入るなら、金貨も大した価値じゃないだろうし。

「金貨八枚ですよ⁉　平均的な家族なら、これ一本で四ヶ月は暮らせるんですよ⁉　……分かりました。いらないなら、私が運びます！」

金貨八枚で、四ヶ月……？

金貨って、そんなに価値があるのか。それは確かに、捨てるのがもったいないかもしれない。

そんなことを考えていると、行商人は馬車の荷物に手をかけ、地面に下ろそうとしはじめた。


「荷物を、どうする気？」

「決まってるじゃないですか。今の荷物を捨てて、それに積み替えるんですよ」

いや、それはそれでもったいないだろう。


「じゃあ、僕が持って帰る」

「……どうやって？」

「こうやって」


言いながら俺は収納魔法を使い、死体を丸ごとしまい込む。

収納魔法を使っていると、容量分だけ魔力の最大量が減ってしまうのだが……まあ、王都に着くまでの間だしな。

最大魔力量は普段の半分くらいになったが、これでもなんとかなる気がする。

「それはまさか……収納魔法⁉」

「うん」

「『うん』って……」


収納魔法のどこに、そんなに驚く要素があるのだろう。

使い勝手も微妙だし、かなり初歩的な――

もしや、これも例の詠唱の弊害なのだろうか。


「まあ何にせよ、そんなおいしい魔物に出会えて、ラッキーってとこかな。」

「いや、ラッキーじゃありませんからね？　普通死んでますからね？」


行商人が何やら騒いでいるが、俺達は死んでいないし、高価な素材を手に入れることもできた。

これをラッキーと呼ばずして、何がラッキーだと言うのだろう。

どうせなら、もう一匹出てこないかな……。

神にでも祈ってみるか。魔物担当の神の名前なんて、知らないけれど。


俺の祈りは、通じなかったようだ。

約一週間の旅は平和に終わり、俺達は王都へと到着していた。

「……平和な旅だったなぁ」
「天災級が出る旅の、どこが平和なんですか！」
「初日だけだし、一匹しか出なかったじゃないか」
「一匹でも大災害ですからね？　あんなのが普通に出てたら、この国滅んでますからね？」

それは言いすぎだろう。あの程度で滅んでたら、国がいくつあっても足りないぞ。
あの程度の魔物、父カストルが二、三人いれば普通に倒せるはずだ。

「ところで魔物の死体って、どこに持ち込めばいいんだ？」

売れるのはいいが、どこで売ればいいのかを俺は知らない。

「そうですね。ギルドに持ち込むのが普通なんですが、十二歳だと普通には登録できませんから……よければ、私が買い取りましょうか？　金貨百五十枚くらいで」
「いいのか？」

領地で倒した値段とかから、百枚くらいだと予想していたのだが。

「いいも何も、大歓迎ですよ。そのくらいなら、私にも利益が出ますから」

「じゃあ、頼む」

多少買い叩《たた》かれていても、今回はあまり気にしないつもりだ。

倒したのと運んだのは俺だが、これに価値があると教えてくれたのは行商人だからな。

まあ、相場がいくらなのか、俺は知らない訳だが。

ちなみに口調は、旅をしながら少しずつ元に戻していた。

もうここは領地じゃないからな。向こうで使っていた口調を使い続ける必要はない。

◇

魔物の引き渡しと代金の受け取りを終えて、俺は行商人と別れ、街の鍛冶屋《かじ》へと向かっていた。

試験の要項を見たところ、武器は自前の物を持ち込めと書かれていたのだ。

今ある剣は半分練習用のようなものであって、実戦にはあまり向いていない。

そこまでする必要がある試験なのかは分からないが、用心するに越したことはないからな。

鍛冶屋の評判などは特に調べてこなかったが、ここは王都だ。ダメな店が生きのこれるほど競争はぬるくないだろう。

適当な鍛冶屋を探して入れば、ある程度の品があるはず。

そう思っていた時期が、俺にもありました。


「……うーん？」


適当に入った鍛冶屋の商品を見て、俺はつぶやいた。

質が酷《ひど》い。店頭に並んでいるのは、流石《さすが》に今持っている剣よりはマシなものの、かなり微妙な質の剣ばかりであった。しかも、魔法が全く付与されていない。

見習い鍛冶師が練習で打った剣だというのなら、この質も分からないではない。

だが前世で生産向けの紋章を使い、数え切れないほどの剣を打ってきたから分かる。これは恐らく、鍛冶を始めてそこそこ時間が経《た》った者が打った剣だ。

価格はだいたい金貨五～十枚程度。行商人から聞いた貨幣価値からすると、値段も安いとは言えない。よく王都で生き残ってこれたものだ。

俺はこの店をあきらめ、次の店へ向かうことにした。ここにあるような剣ならば、自分で打った方がいい。

しかし、次の店も、その次の店も、更にその次の店もそんな感じだった。どうやら衰退しているのは、魔法だけではなかったらしい。

次の店もダメだったら、あきらめて自分で剣を打とう。

そう考え始めた頃《ころ》に俺が見つけたのは、随分と小さく、年季の入った店構えの鍛冶屋だった。

かけられている看板も小さく、普段ならば、鍛冶屋だとすら気付けなかったかもしれない。

しかし今に限って、この店を見つけるのは簡単だった。


「お願いします！　試験は明日なんだ！　剣がないと、ボクの友達は……」


鍛冶屋の中から、何やら必死な様子の声が聞こえてきているのだ。

一人称は『ボク』だが、声の質からすると女性だろう。


「作ってやりたいのは山々なんだが——普通の剣ならともかく、魔剣は一人で打てるもんじゃねえんだ。納得してくれよ」

「そこをなんとか！」


その声に混じって、困ったような声（恐らく、店主のものだろう）も聞こえてくる。

……何か、面倒そうだな。もうあきらめて、剣は自分で打つか。

そう考えて素通りしようとしたところで、店の中に置かれている剣が、一瞬目に入った。

質がいい。最初の店とは、比べものにならないほど。

今の俺が設備なしで打っても、この質には届かないだろう。

……これを素通りするわけにはいかない。

俺はちゃんとした武器を手に入れるべく、鍛冶屋へと入っていった。


中で騒いでいたのは、十四歳くらいの少女であった。

店主との交渉はまだ続いている……というか、無理だと言う店主に、少女が食い下がっているようだ。

俺はその二人をスルーして、商品を見る。

やはり、どれも質がいい。値段も金貨十五枚～三十枚（最初の店で見た剣の、およそ三倍）するが、質の差を考えれば、十倍出してもいいくらいだ。

ただ、普通の剣はいいが、魔剣はボッタクリだな。金貨三百枚するくせに、魔法の付与が下手すぎる。

まあ元々、試験には普通の剣で挑むつもりだ。今の俺の力を考えると――


「そこの少年！」

剣を選ぼうとしていたところで、少女に声をかけられてしまった。気配くらい消しておくべきだったか……いや。店の中でそんなことをしたら、泥棒と間違えられかねないな。

「何だ？」

声をかけられた理由は分からないが、とりあえず返事をしておく。

「魔法の付与とか、できない？」

魔法の付与……まさかこの少女、通りすがりの人間に魔剣を作らせようと考えてるわけじゃないよな？

俺はこの店の店員でも鍛冶師でもないぞ？

「おいおい、俺ならともかく、客にまで声をかけないでくれよ……」

店主もあきれているようだ。

さて。どう答えたものか。

この店にあるレベルでいいのなら、第四紋の俺でも魔剣は作れる。

だが今の雰囲気を見る限り、俺がそう答えたら、少女はまず確実に俺に魔剣を作らせようとするだろう。

普通ならば、できないふりをしておくところなのだが——少女はさっき試験は明日だとか言っていた。

そして俺が受ける、王立第二学園の入試も、明日なのだ。

つまりこの少女は、将来の俺のクラスメートかもしれない。

だとしたら、この話は受けるべきだ。

前世のように、ぼっちにはなりたくないからな。

「試験は明日だって言ってたけど……もしかして、王立第二学園の？」

考えた末、俺は質問に質問で返した。

「そう！　でも王都に来る途中で魔物に襲われて、ボクをかばったルリイの……」

「剣が折れた？」

剣は基本的に、攻撃に使うものだからな。

防御などで無理をさせると、折れてしまうことも珍しくない。

だからこそ俺も、質のいい剣を買いに来たのだし。


「うん。だから新しいのを用意しようとしたんだけど、ルリイの剣ってかなり高位の魔剣で、換えなんて売ってなくて」

「それで、新しいのを作らせようとしていたわけか。それって、魔剣じゃなきゃダメなの？　ここの剣はかなり質がいいし、試験くらいなら楽勝で……」

「普通の剣で、このくらいの長さで、重さ三百グラム。できる？」


そう言って少女は腕を広げ、三百グラムという重さには明らかに不釣り合いな長さを示した。

「……その魔剣は、確かに代用できないな」


前世では『軽量長剣』と呼ばれていたタイプの魔剣だ。

極端に細長い剣に【強靱化《きょうじん》】や【斬鉄】などの魔法を付与し、そこそこの強度と威力を持たせたもので、主に魔法使いや、極端なスピード型剣士に使われていた。

通常の剣では、使い勝手を再現することさえ難しいだろう。それはつまり、今まで練習してきた剣術が役に立たないということだ。試験に合格できるとは思えない。

特殊金属にはそれが可能なものもあるが、すぐに用意できるような品ではないし……よし。

「いやいや、無理だろ。可哀想なのは分かるが、できないことをできると言っても仕方がないぞ」

「ほんと!?」

「付与、できるよ」

俺の答えに、少女は喜びで、店主は苦笑いで返した。

「確かに多分、上手《うま》くはできないけど……そこにある魔剣と似たようなレベルでいいなら、付与は普通にできると思う」

俺はそう言って、店にあった魔剣の中で最も質がマシ（どんぐりの背比べだが）なものを指した。

それを聞いて、店主が苦笑いする。

「おいおい、その魔剣はここにある中でも一番付与が上手くいったって、付与した奴《やつ》が自慢してた剣だぞ？」

「ああ。ここにある中だとそれが一番で、次がこれ、その次が……これとこれかな。同率三位ってところだな」

苦笑いしていた店主が、俺の見立てを聞いて目を丸くする。

「当たってやがる……ちなみに魔剣以外だと、どれの出来がいい？」

「これが一番、それが二番、それが三番……って感じだけど、全体的に質が安定しているから、あまり当たり外れはないかな。どれを買っても大丈夫だと思うよ」

お世辞ではなく、素直な感想だ。この店の剣は、全体的に質がいい。魔剣も付与がダメなだけで、素体《そたい》になっている剣はちゃんとしている。

「……分かった。坊主の目利《き》きはプロの鍛冶師と同じレベルだ。だがいくら何でも、その年で魔剣の付与は無理だろ。あまり言いたくはないが、紋章の問題もある」

目利きは認めてもらえたようだが、それと魔剣の付与は無関係ということらしい。

確かに第四紋は付与魔法に不向きだが、付与魔法ができないというわけではない。あの程度の質でいいなら、第一紋である必要はない。

「いや。そのくらいなら、俺でも——」

その旨《むね》を伝えるべく、俺は口を開いたのだが……

「ベイスさん！」

少女が、それを途中で遮《さえぎ》った。

「なんだ？」

返事をしたのは、鍛冶屋の店主だ。
どうやら店主はベイスという名前らしい。

「剣を注文するよ。このくらいの長さで、重さは三百グラム。この魔石が入るサイズの穴を……ここに開けたらいいかな？」

そこまで言って、少女は俺に聞いてきた。

「まさか、それって……」

「ボクは君に賭《か》けることにするよ！」

「いいのか？　剣は付与をやり直せば使えるにしても、成功しなければ魔石はパアだぞ？　それを、今日会ったばかりの坊主に……」

「でも、できる気がするんだよね。ボクのカンは、結構当たるんだよ。少年、付与は任せた！」

付与できるとは言ったものの、やると言った覚えはないのだが……この雰囲気じゃ、断れないよな。

「任された。穴は鍔《つば》の中心付近に開けてくれ」

「二人とも、スルーかよ。……剣は三十分後までに仕上げてやる。先払いで、金貨四十枚。剣の性能には責任を持つが、付与の結果は知らんぞ」

「オッケー！」

少女の様子を見て、鍛冶屋は反論をあきらめたらしい。

差し出された金貨を受け取ると、店の奥へと引っ込んでいった。

少しして、奥から鍛冶の音が聞こえ出す。

「自己紹介がまだだったね。ボクはアルマ。アルマ＝レプシウス。一応名字がついてるけど、ボクは小貴族の三女だから……まあ、ぶっちゃけ平民だね！　うん！　変なところに嫁《とつ》ぐのが嫌で、領地を出てきました！」

酷い自己紹介だった。
それにならって、俺も自己紹介を返す。

「俺はマティアス。マティアス＝ヒルデスハイマー。一応名字はついているが、小貴族の三男。要は平民だな。耕す畑がないから、村を出てきた。マティとでも呼んでくれ」

俺の方は、もっと酷かった。
まあ耕す畑がないというのは、俺が領地を出た理由の中でも最もどうでもいいものなのだが。
実際は、早く冒険者になりたかっただけだ。

「ところで例の剣は、アルマが使うものなのか？」
「違うよ。一緒に領地から出てきた友達の、ルリイが……噂《うわさ》をすれば！」

話している途中で、アルマが店の外に目を向けた。

どうやら、ご本人登場のようだ。


店の外に目をやったアルマにつられて、俺も同じ方向を向く。

そこには、アルマと同じくらいの歳《とし》の少女が——

かっ……かわいい！


「アルマ、このお店はどうでしたか？　私の方は全然です。やっぱり明日までに、魔剣の付与なんて——あら？　そのお方は……」

「この人はマティ君。なんとボク達のために、剣に魔法を付与してくれる人です！」


どストライクだった。

いや待て。相手は約十四歳だぞ？　自分の歳を考えろ。今の自分の歳は……あれ？　十二歳だ。

あんまりおかしいところはないな。

まあいい。まずは落ち着いて、自己紹介だ。自然に、自然に……

「ご、ご紹介にあずかりました、マティアス＝ヒルデスハイマーで……」

「何で急に、そんな丁寧語になってるのさ……」

アルマにツッコミを入れられてしまった。全く以《もっ》てその通りである。

俺は何をキョドっているのだろう。今の俺が十二歳だからといって、俺が千数百年分の記憶を持っていることに変わりはない。

ここは、前世の恋愛経験を生かして——あれ？

よく考えると、俺の前世の経験には、恋愛に関するものがほとんど含まれていない気がする。

いや。もう一度よく考えてみよう。


前世で生きた時間、千ウン百年。

彼女いない歴、千ウン百年（イコール、前世で生きた時間＋現世で生きた時間）。

……うん。キョドるのも仕方がないな。俺の恋愛経験に比べたら、ビフゲルの戦闘経験の方がまだマシなくらいである。

なるほど。こうなるのも無理はない。

とりあえず、自己紹介だな。よく考えてみると、さっきアルマにしたのと同じように自己紹介をすればいいだけだ。

「俺はマティアス。マティアス＝ヒルデスハイマー。一応名字はついているが、小貴族の三男。要は平民だな。耕す畑がないから、村を出てきた。マティとでも呼んでくれ」

よし。前と一言一句違わない、完璧《かんぺき》な自己紹介ができたぞ。落ち着けば問題はないのだ。

だが……反応がない。

様子を見てみると、彼女は何やらボーっとした表情で、顔を赤くしていた。

……なぜだろう。使い回しの自己紹介をしたせいで、怒らせてしまったのだろうか？

いや。それにしては表情がおかしい。もしや街に潜む魔法犯罪者が、隠蔽《いんぺい》付きの精神魔法を――


「ルリイ、大丈夫？」

俺が探知魔法を組んでいるうちに、アルマがルリイに近づき、そのほっぺたをつついた。
うらやまし――いや、危ない！　レアケースとはいえ、接触によって伝染するタイプの魔法だってあるんだぞ！

「……はっ！　だっ、大丈夫です。わ、私はルリイ＝アーベントロートです。こ、婚約者や彼氏はいません！　できれば、ルリイって呼んでいただけると……」


なるほど。彼氏はいないのか。

嬉《うれ》しい情報ではあるのだが、初対面の自己紹介で伝えるような情報なのだろうか。

……もしかしたら、一部ではそういうしきたりがあったりするのかもしれないな。それ以外に、理由が見当たらないし。

「よろしく、ルリイ」

「よ、よろしくお願いします！」

「うん、自己紹介が終わったところで、本題に戻ろうか！」

俺達が自己紹介を終えたところで、なぜかほほえましい物を見るような目をしたアルマが、そう切り出した。

「マティ君が魔法の付与をしてくれることになったんだけど、ルリイはあの剣持ってきてる？」

「マティくんが？　マティくんって、私達と同い年くらいですよね？　流石に無理があるんじゃ……」

「私も常識的にはそうだと思うんだけど……ボクのカンが、任せるべきだって言ってるんだよね」

「アルマのカンなら、仕方がありませんね」

それで通じるのか。アルマのカンは、そんなに良く当たるのだろうか。

「これが、折れてしまった剣です。我が家に代々伝わってきた魔剣なんですけど、修復は無理だと言われてしまって……」

そう言ってルリイは、根元から真っ二つに折れた軽量長剣を取り出した。

付与された魔法は、恐らく【強靱化】の劣化版。

この店にある魔剣に比べればだいぶマシだが……それでもあまり強そうな剣には見えないな。

「本当にごめんねルリイ。私がもっと早く気付いていれば……」

「アルマのカンのおかげで、二人とも助かったんです。剣は残念でしたけど、アルマとマティくんのおかげで、試験には間に合いそうですし……間に合いますか？」

ルリイは俺の方を向いて、そう聞いてきた。

「もちろん。素体の剣が完成すれば、すぐにでもいけるな。報酬は……」

報酬の相場がよく分からんな。

第四紋がやった付与なんて、前世であればゴミ同然、というかむしろ魔石と装備を無駄にするだけの有害とさえ言える所行だが……ここにある武器の値段や向こうの事情を考えると、全く無価値とも言いがたい。

しかし後で高すぎることが分かっても、問題になるかもしれないし……ここは、そうだな。

「報酬は、貸し一つってことでいいか」

「は、はい！」

どうやら、受け入れてもらえたようだ。

付与の価値はそのうち分かってくるだろうし、どんな内容にするかはその時決めればいい。安ければ安いでいいし、高ければ大きい貸しを作れるわけだ。コネとかがほぼゼロといっていい俺にとっては、役に立つ可能性が高いだろう。

「おう、装備ができたぞ」

声を聞いて振り向くと、そこには店主が、軽量長剣の素体を持って立っていた。

言われた時間より随分と早いが、品質に問題はないようだ。三十分はかなり余裕を持った時間設定だったのかもしれないな。

「じゃあ、付与を始めようか。魔石を貸してくれる？」

「えっ、今ここで？」

そう言いながらもアルマは、俺に魔石を手渡す。

今からやる付与は時間のかからないものだからな。ほんの数秒だ。

「ああ。このくらいなら、すぐだからな。付与する魔法は、その剣と同じ方向性でいいんだよな？」

剣に魔石をはめた俺は、まず金属の魔力と魔石の魔力を同調させる。これは魔力調質という工程だ。

次に、魔法を付与する。魔法の種類は……【強靱化】【斬鉄】だな。今の俺で安定させられる中では、最も汎用性の高い構成だ。

ちなみにこの店にある魔剣は、恐らく最初の魔力調質を省いている。質が酷い最大の原因はそこだろう。

この工程を知らない魔法付与師など、焼き入れを知らない鍛冶屋のようなものだ。即刻廃業すべきである。

「まあ、こんなもんか。試してみてくれ」

そう言って俺は、付与の終わった剣をルリイに渡す。

「早っ⁉」

「おいおい。いくら何でも、そんな短時間で終わるわけがないだろ……」

「そうですね。どんなに短くても十分くらいはかかるはずです。こうして振ってみれば、しなり方で――」

つぶやきながらもルリイは剣を受け取り、軽く振る。

「付与がかかってるかどうかくらいは、簡単に……」

今度は、少し強めに振る。

そして、目を見開いた。

「うそ⁉　本当に付与がかかってます！」

最初に、そう言ったはずなんだが……。

「今、五秒くらいしかなかったよね？　一体、どんな手品を使ったの？　あらかじめ魔剣を用意しておいて、すりかえたとか?」

魔剣の付与が終わっていることを確認したアルマが、俺に聞く。

そんなことを言われても……

「普通に、五秒くらいで付与しただけだぞ?」

「それを普通とは言わない。ボクが断言する」

「いやいや。こんなもんだよ。……店主さんも、そう思うよな?」

この店においてある魔剣は工程を省いているし、やりようによっては二秒もあればできるはずだ。

遅いという感想はあっても、早すぎるなんてことは——

「俺も嬢ちゃんに賛成だ。無理がある。……だが実際、剣には魔法が付与されている。自分で打った剣を見間違えるはずもないから、すり替えもあり得ない。そこから導かれる結論は……」

「結論は?」

アルマの問いに、店主は真剣な顔で答えた。

「坊主、魔法付与師にならないか?」
「ならないよ!」

俺は即答する。わざわざ転生までして付与向けの紋章を戦闘向けに変えたのに、何が悲しくて付与を仕事にしなくていけないのか。

そういうことは、第一紋の人に頼んでほしい。

「じゃあ、今日だけでいい! 付与をしていってくれ! もちろん金は払う! 一本につき、金貨三百枚でどうだ!」

しかし、店主はなおも食い下がる。

俺は剣を買いに来ただけなのに、どうしてこうなった。

「いや、確かに早いのは早いけどさ、三百枚はおかしくない? 魔剣の売値と同じ値段の付与って、完全に赤字だよねそれ?」

アルマにもあきれられている。

「普通なら、そうなんだが……その剣の付与は、どうも普段のとは違うように見える。嬢ちゃん、よかったら試し切りをしてみないか？」

「していきます！」

そんな流れで俺達は店の裏手に回り、付与した剣の試し切りをすることになった。

試し切りの的は、廃材木。剣を真っ直《まっす》ぐ縦に振り下ろせるように、横向きに固定してある。失敗する方が難しいな。

むしろ心配なのは……

「いきます！」

言いながら、ルリイは剣を大きく振りかぶる。

ちょっと待て。材木ごときにそんなに勢いをつけたら――

「あれ？」

スカッ、という音とともに材木が一瞬で切断され、振り下ろされた剣はほとんど勢いを落とさないまま、地面へと突き込まれる。

そして剣は地面に叩き付けられ、少し食い込んで止まった。

「な、何だ今の切れ味は……」

「いやいや、おかしいでしょ……」

試し切りを見ていた二人が驚いている。

そして、実際に剣を振った当人はといえば、ぽかんとしていた。

「……え……？　今、何の抵抗もなかったせいで、思わず地面まで振り抜いちゃって……あっ、剣が！」

ルリイは叫びながら剣を地面から抜き、刃の様子を確認する。

「あんな使い方をしたら、刃こぼれが……ない！」

「それどころか、石がちょっと切れてるよ……」

地面に落ちていた石の一つを拾って、アルマがつぶやく。

「金貨五百、いや一千枚だ！　一本でいいから、付与していってくれ！」

「いったい、どんな付与をしたんですか⁉」

「石が切れるって、明らかにおかしいよね⁉」


そして気付けば、三人が一斉に俺に詰め寄って、収拾の付かない状況になっていた。

本当に、剣を買いに来ただけなのに、どうしてこんな状況になっているんだろう。


「とりあえず落ち着いてくれ！　いっぺんに話されても困る！　まず付与した魔法は、【斬鉄】と【強靱化】だ。石が切れるのは、この二つの付与なら普通だ」

「付与が普通じゃありません！　複数付与って、国宝級じゃないですか！　そんな付与、どうやってお礼をすれば……」


そして、ルリイの動揺が半端《はんぱ》ではなかった。

これが国宝級って、明らかにおかしいだろ。第四紋が五秒で作った魔剣が国宝なら、世界は今頃国宝だらけだぞ。

「ちょっと落ち着こうか。こんなのが国宝な訳ないじゃないか。二重付与だぞ？　ちゃんとした付与師なら、こんなの鼻で笑って……」

「マティ君、それ本気で言ってる？」

俺の説明に、アルマが真顔で割り込んでくる。

「もちろん本気だ。この紋章での付与なんて、たかが知れてるからな。ちゃんとした第一紋……いや栄光紋の熟練付与師なら、魔法の十や二十はまとめて付与できるよな？」

魔力の雰囲気からすると、ルリイも恐らく第一紋だ。ちゃんと修行すれば、数年でこのくらいはできるようになるだろう。

三十年もあれば十はいけるし、二百年くらいで二十もいけるはずだ。

「いや無理だが」

「ダメだこの子。早く何とかしないと……」

「十や二十って、神話の世界の話じゃ……」

なぜだ。なぜこういう反応になる。

これも詠唱魔法の弊害か？　あんなものがあるせいで、今の世界の付与は二重程度で国宝扱いされるようになってしまったのか？

ここまでくると、誰《だれ》かの悪意を感じるぞ。

今なら、魔族とかが国に潜り込んで、魔法が衰退するように仕向けていたとしても、俺は驚かない自信がある。

「よし分かった。坊主に常識を説くのは無駄だ。今はもっと、生産的なことを考えるべきだ」

再び紛糾《ふんきゅう》した状況を、店主がまとめにかかる。流石は店主。大人だけあって、頼りがいが――

「ということで、付与を頼む。報酬は俺の全財産で……」

なかった。最初に戻っただけだった。金額だけがひたすら吊《つ》り上げられていた。

うん。

もう、どうにでもなれ。

◇

結局、剣の付与は金貨一千枚で、一本だけやることになった。

女性陣の方の付与は無料だ。元々金を取るつもりはなかったし、店主の剣だけで十分すぎるくらいだ。

それと、学校に行く目的が一つ増えた。

やる気のある第一紋をつかまえて、付与術を教え込もう。どうやら今の世界で強い武器を手に入れるには、職人から育てなければならないようだ。

そんな事件（？）に巻き込まれながらも、俺は試験の日を迎えることになった。

第四章

「試験時間は六十分！　それでは、始め！」

試験には座学と実技があるようだが、最初に受けることになったのは座学だった。
分量の関係か、試験が教科ごとに分かれているということはなく、全科目まとめて六十分だ。

正直、こちらは全く対策をしていない。というか、どんな科目が出るかすら知らなかった。
そのため、完全なぶっつけ本番だ。

見たところ、試験の内容は国語と、魔法陣数学と、簡単な地理。それと戦術学のようだ。
前者二つはどちらも初歩的なもので、特に問題は無かった。
魔法陣数学に一つだけ、他《ほか》とは明らかにレベルの違う問題があったが、まあ初級に含めていいレベルだろう。

地図の方も、前世で見慣れたのと似たような形だったので、地理に関する問題は何とかなった。

まあ、地図が随分と不正確であることと、書いてある部分がやたら狭く、残りの部分が全て黒く塗り潰《つぶ》されていることを除けばだが。

問題は戦術学だ。もちろん戦術は前世で研究していた分野なのだが、この時代で使われているものが分からない。

ロイター流剣術がどうとか言われてもサッパリだ。知るかよそんなもん。

……適当に書くか。

ちょうど前世の知り合いに、同じ名前の剣術バカがいたからな。そいつの語っていた戦術と、戦ってみて感じたことなどを、そのままそっくり書いておいた。

全部書くと回答欄が足りなくなるので、適当にはしょったが。

そんな感じで座学は終わり、いよいよお待ちかね、実技試験だ。

まずは、剣術から。期待していたとおり、試験官との実戦形式だ。

「次、ルリイ=アーベントロート！」

「はいっ！」

俺《おれ》の順番は、ルリイの次だった。
昨日俺が付与した魔剣を持って、ルリイが試験場に入っていく。
対する試験官が持っているのは、普通の剣だ。安全のためか、刃が潰してある。

「剣術試験、開始！」

合図とともに、ルリイが前に出て、試験官めがけて剣を突き出す。
軽量魔剣の扱いとしては、ごく基本的な動き。当然、試験官も予測していたようで、試験官は余裕を持ってルリイの剣を受け止める。

キン、という音とともに、ルリイの剣が弾《はじ》かれ、ルリイに隙《すき》ができる。試験官はそこを狙《ねら》って、ルリイに剣を突きつけようと——したのだが、それは成功しなかった。
試験官は、確かに剣を突きつけたつもりだっただろう。しかしその時試験官が持っていたのは剣ではなく、真ん中からポッキリと折れた、剣の残骸であった。

まあ、普通の剣でルリイの魔剣と打ち合えば、当然こうなるな。

「む？」

「え？」

しかし、当の二人にとっては、予想外の事態だったようだ。
間抜けな声とともに、試験場の空気が固まる。

先にフリーズから復帰したのは、試験官の方だった。だてに剣術を教えてはいないようで、戸惑いながらも、短くなった剣をルリイに向ける。
しかし、今度はルリイもちゃんと反応し、試験官の剣を受け止める。
キン、という音とともに、試験官の剣がさらに短くなった。

「えい」

ルリイが、もう一度試験官へと剣を突き出す。
今度も試験官は受け止めた……が、試験官の剣はまた折れ、刃が完全になくなってしまった。試験官の剣は、もう持ち手しか残っていない。
試験官はあきれ顔で、自分の剣に目をやり、それから両手を挙げた。

「降参だ。アーベントロート家に伝わる剣は強いと聞いていたが、流石《さすが》にこれは無理だろ……」

「これは、違う剣ですけどね……」

「違うのか？」

「家に伝わっていた剣は、この間折れてしまいましたから。これは新しい剣です」

「言われてみれば、外見が新しい気も……というか、ベイスさんの店の剣じゃないか。新作か？」

「新作とはちょっと違いますけど、同じ付与の剣が一本、あのお店に……あれ？　試験官さん、どこへ」

「ちょっと剣を買いに行ってくる！　ヤカト、後は任せた！」

そう言うや否《いな》や、試験官は試験をほっぽり出し、学園の出口へと走り出す。

他の試験官が慌《あわ》てて連れ戻そうとするが、試験官は脚が速いようで、誰《だれ》も追いつけない。

そのまま試験官は、どこかへ走り去って行ってしまった。

後にはルリイと、結果の記録を担当していた試験官達、それから俺が残る。

「……これ、どうするんですか？」

記録担当の試験官達が剣士であれば代わりができたかもしれないが、動きや体つきを見る限り、試験官達は魔法使い系だ。

俺はいったい、誰をぶちのめせばいいのだろう？

「ええと、私は魔法使いなので、試験官はできませんし……」

「では、俺がその役目を務めよう」

名乗り出たのは、さっきまで試験場の隅で試験を眺めていた壮年の男だ。

体格は中々悪くない。父カストルといい勝負だろう。

「ガ、ガイルさ――」

「俺でも、問題はないだろう？」

そう言いながらガイルさんとやらが目配せをすると、何かを察したかのように黙った。

ガイルって、誰だよ。

「お前がカストルの息子か。奴《やつ》の試験は酷《ひど》いものだったが……お前ももしかして、実技だけで試験を突破しに来たクチか？」

このガイルなるおっさんは、父カストルを知っているらしい。

「その通りです。だとしたら、どうするんですか？」

「はっはっは。やっぱりか。では俺相手に善戦できれば、他の結果など関係なく合格を押し通してやろう。俺相手にまともに戦えたとなれば、学園の上層部も嫌だとは言えないはずだ。……善戦できればの話だがな」


そう言ってガイルは、とても楽しそうな笑みを浮かべる。

とは言っても、ビフゲルが時々していたような嫌みな感じの笑顔ではない。

どちらかというと、戦闘狂と呼ばれる人種が、戦って楽しそうな相手を前に浮かべる笑みに近い。


まあ本当の戦闘狂は、とりあえず襲いかかってから話すような感じなので、このおっさんを戦闘狂と呼ぶのは少し失礼だろう。

しかし、善戦ときたか。どうやら俺は、かなり舐《な》められているようだ。

ああ。それと一つ、条件を忘れていた。


「一つ言い忘れてたんですが、ただの合格じゃダメなんです。特待生を取らなきゃいけない」

「……金がないのか？　体を見ただけで、お前にある程度の実力があることは分かる。学園に通いながらでも、学費を稼ぐ手段はあるぞ？」

「この年で領地を出る条件が、特待生なもので」

それを聞いてガイルは、納得したかのようにうなずいた。

まあ実際には、金の要素が一番大きかったようなのだが。

「ああ。確かにカストルが言いそうなことだな。普通、この学園を受けるのは十五歳だからな。平凡な十二歳を外に出すわけにはいかないが、非凡であればよいと。まあ、特待生が取れずとも、戦いぶりによっては俺からカストルに話してやろう。……さて、準備はいいか？」

結局このガイルなるおっさんの正体は分からないままだが、どうやらこのおっさんは、それなりの権力を持っているらしい。

さっきから善戦がどうのと言っているが、ぶちのめしたらどうなるのだろう。

……試してみるか。

「準備なら、最初からできてますよ」

「そのようだな。じゃあ、行かせてもらう――ぞ！」

そう言いながら、ガイルがこちらへ突っ込んで来る。

相手が十二歳ということで、いくらか手加減はしているようだ。少なくとも、怪我《けが》をさせないようにという配慮が見える。

そこを突けば、短期決戦で勝負をつけるのは簡単だろう。

しかし、それでは意味がない。これは実戦ではなく、試験だ。

正面から実力を認めさせた上で勝つのが望ましい。そして、今の俺にはその力があるはずだ。


「少し、舐めすぎじゃないですか？」


そう言いながら俺は身体強化を使い、ガイルが振り下ろしてきた訓練用の剣を受け止めつつ、【魔力撃】を発動する。

ちなみに剣術の試験では、自分の身体《からだ》と剣に対して魔法を使うことが許可されている。

これは恐らく、魔剣を意識した規則なのだろうが。


「むっ⁉」


ガイルの剣が弾《はじ》かれ、身体が空く。

しかしガイルはすぐに体勢を立て直し、一旦《いったん》俺から距離を取った。

「カストルもたいがいヤバかったが、お前はそれ以上の化け物かよ……。よし。俺も手加減をやめよう。怪我をするなとは言わんが、せめて死ぬなよ？」

「ガイル様⁉」


記録係となっていた試験官達が困惑の声を上げるが、ガイルがそれを気にした様子はない。

明らかに試験の範囲を逸脱しつつある状況にもかかわらず、記録係が全く止めようとしないあたり、ガイルと記録係にはかなりの権力差があるのだろう。

そんなことを考えているうちに、ガイルが猛然とこちらへ突っ込んできた。

その動きに、先ほどまでのような手加減は見られない。恐らく、父カストルより強いな。


俺はそれを、真っ正面から受け止めた。

身体強化と【魔力撃】を乗せて、ようやく俺の身体能力はガイルと互角だ。

いや。恐らく無意識的にだろうが、ガイルが魔力の一部を身体に乗せて強化しているのまで含めると、向こうの方が体力はやや上だろう。

しかしこの程度の差であれば、技量で簡単に覆《くつがえ》せる。

俺は剣を受け止めた勢いでわずかに後退しつつ、受け止めた剣を横に流す。

ガイルはそのまま押し込むつもりのようだが……その呼吸に合わせ、【魔力層潤滑】を発動する。

【魔力層潤滑】というのは名前の通り、刃の表面に魔力の層を作ることで、ほんの一瞬だけ剣を滑りやすくするというだけの魔法だ。

しかし、わずかな力の入れ方の違いが物を言う鍔迫《つばぜ》り合いにおいて、その効果は十分すぎるほどに大きい。

急に剣が滑ったことで、ガイルの重心がわずかにぶれる。

俺はその隙を逃さず一気に踏み込み、剣先をガイルの首元へと突きつけた。


「……参った」


ガイルが降参を宣言する。

それを見て、俺は武器をしまった。


「が、ガイル様が負けた？　……手加減、だよね……？」

「途中からは、ガイル様も本気に見えましたが……私では目で追い切るのがやっとなので、どうだったのかはなんとも……」


記録係たちは状況がつかめていないようだが——まあ、ガイルが何とかしてくれるだろう。って言うか、何で剣術の記録係に、魔法使いを置いたんだ。

そんな疑問を残しつつも、俺の剣術の実技試験は終了した。

次は魔法の実技試験だな。

……ちなみにガイルがどんな立場の人だったのかは、最後まで分からないままだった。教頭とかだろうか？

まあ、入学すればそのうち分かるだろう。


「次、ルリイ＝アーベントロート！」

「はいっ！」


魔法の実技試験は、的当てのようだった。

三十メートル先に設置された五つの的を、好きな順番で攻撃していく形だ。

試験の前の説明では、使える魔法は十発までだが、攻撃に必要とした回数が少なく、的に与えたダメージが大きいほど得点が上がるらしい。

遠距離攻撃系魔法の基礎を試す方法としては、オーソドックスなものだといえるだろう。

ただ、的はかなり大きい。外す方が難しいくらいだ。

出力さえ足りていれば、止まっている的に当てる程度の制御はすぐに覚えられるからな。現時点での完成度より、素質重視ということだろうか。

ちなみに俺の順番は、またしてもルリイの次だ。

「では、ファイアアローで的を攻撃してください」

「はい！　……我が体に満ちる火の魔力よ、一筋の矢となりて、我が前の敵を穿《うが》て！」

試験官の指示に従い、ルリイが詠唱をし、ファイアアローを的の一つに命中させた。

威力や効率は、ビフゲルよりやや強い程度か。まあ、魔力が勝手に制御される詠唱魔法で差をつけるのは難しいということなのだろう。

その後もルリイは詠唱を繰り返し、五つの的を順番に攻撃して、終了を宣言した。

ルール的には十発まで撃っていいはずなのだが、ここまででやめるらしい。

的は一つも壊れなかったが、ルリイ的には満足な結果のようで、ルリイは満足げな顔で試験場を出て行った。

「次、マティアス＝ヒルデスハイマー！」

二人いる試験官のうち一人が、俺の名前を呼んだ。

「はい！」

「では、ファイアアローで的を攻撃してください」

ルリイの時にも気になっていたのだが、なぜファイアアローなのだろう。
試験説明の時には、使う魔法の種類など指定されていなかったはずなのだが。

「ファイアアロー以外は禁止ですか？」
「そういう訳ではありませんが、一番基本的で制御がしやすい魔法ですので——」

そこまで言ったところで試験官は俺の紋章に目をやり、気の毒なものを見るような顔で言い直した。

「……気落ちしないでください。他の科目がよければ、合格はできるかもしれませんよ」

なぜか、俺が失敗する前提で話をされていた。
俺は普通に、この試験を突破するつもりなのだが。

「要は、的を壊せばいいんですよね？」
「そういうことですが……届くんですか？」

「届きませんよ」

確かに第四紋の魔法は極端に射程が短い。

三十メートルはおろか、その三分の一の距離にも届かせるのがせいいっぱいだ。

他の紋章は三十メートル程度であれば何の問題もないので、この試験は第四紋いじめであるとも言える。

しかしそれは、俺が試験に合格できないということを意味するわけではない。

「じゃあ――」

「届かなくても、的は壊せます。……ところで先生、もう少し離れた方がいいです。一応指向性は持たせますが、完全にとはいかないので」

言いながら俺は、魔法を構築し始める。

今までこの世界で使った【魔力撃】や火球の魔法などとは比べものにならないほど複雑で、強力な魔法だ。

「え？」

「あと五メートルほど離れれば、まず安全だと思います」

構築に時間がかかりすぎるので、実戦では使いものにならない魔法だ。

発動を準備しているうちに、こんな話をできる時点で戦闘用としては終わっている。

おまけに今の俺だと、一撃で魔力のほとんどを持って行かれるときた。

しかし、この試験を突破するにはそれで十分だ。


試験官が怪訝《けげん》な顔をしながらも範囲外に待避したところで、ちょうど魔法の構築が完了した。

「じゃあ、いきますよ……っと！」


俺が構築した魔法を発動させると、俺の目の前に巨大な魔法陣が現れる。

次の瞬間に魔法陣は回転を始め、中心から爆炎を吹き出し始めた。

巨大な熱量を持った爆風が周囲に吹き荒れ、俺の視界を赤一色に染める。


あの貧弱な標的を壊すには、明らかに過剰な威力。

しかし、これでいい。どうせこの魔法の本体は、標的に届いていない。この炎の射程はせいぜい十メートルだ。

俺は魔法の余波で、的を破壊しようというのだから。

さて。その結果だが——

「……あれ？　ちょっとやりすぎたか……？」

的の材質が分からないので、とりあえずミスリル合金あたりだと想定して魔法を組んだのだが、少しばかり威力を上げすぎたかもしれない。

校庭に設置された的は跡形もなく消滅し、的が元々どこにあったのかすら分からない。

もっと酷いのは、試験場となっていた校庭だ。

地面の一部が蒸発したり溶けたりガラス化したりして、クレーターのようになっている。

魔法を使えばすぐに直せるレベルではあるが、これはちょっと酷いな。

「……あれ？　おかしいですね。何ですかこれは……？」

試験結果を聞くべく俺は試験官の方を向いたのだが、試験官は妙なことをつぶやきながら目をゴシゴシこすったり、自分の頭を叩《たた》いてみたり、怪しげな行動をしている。

余波は主に的の方向へ向くように作ったし、試験官のあたりにはほとんど届いていないはずなのだが……何かミスっただろうか？

「ええと、大丈夫ですか？」

俺は回復魔法を起動する準備をしながら、試験官に近づく。

そして魔力反応などから、ざっと体の様子を探ってみるが……特に異常は見当たらないようだ。

「大丈夫じゃなさそうです。幻覚が見えます。失格紋の魔法で校庭にクレーターができて、的が全部吹き飛んだ幻覚が見えます。あと詠唱がありませんでした。それか目です。目が悪くなりました」

「先生、それ幻覚じゃないです」

「レイス先生、今ものすごい音が聞こえましたが、一体何が——なんじゃこりゃ！」

音を聞きつけてきた他の試験官も事態を収拾するには至らず、さらに紛糾《ふんきゅう》する。

騒ぎが収まって俺の試験結果が決まるまでには、更に一時間ほどの時を要した。

ちなみに、俺に対して罰などは与えられなかった。

どうやら試験の規則に『校庭を破壊するな』と書かれていなかったのが幸いしたようだ。

校庭については、そのままにしておくのが忍びなかったので、残っていた魔力でサクッと直してきたが。

それを見た試験官達があきれたような顔になった気がしたが、気にしないことにしよう。

余計なことを言って再試験とかになったら、魔力切れの俺ではどうしようもないし。


ハプニングだらけだった試験の翌日。

俺は試験の結果を確認するため、再度学園へと来ていた。

結果は点数順に貼り出されているようだ。

筆記試験を全く対策していなかった俺は、合格だとしても点数は下の方だろう。

そう考えた俺は、下から順に名前を確認していく。

今回の合格最低点は、二十七点のようだ。

父カストルの点数よりも低いので、ガイルとかいうおっさんを倒したことがそれなりに評価されていれば、受かっていてもいいはずだ。

だが、いつまで経《た》っても自分の名前が見当たらない。

そうか。落ちたか……。

どうやら俺は、ガイルとかいうおっさんに騙《だま》されてしまったようだ。信用できそうな奴だと、そこそこ信じかけていたのだが……。

やはり所詮《しょせん》はぼっち。人を見る目はなかったようだ。

「あっ、マティくん！　あの掲示、見ましたか⁉」

俺が失意の底に沈んでいると、聞き覚えのある声が聞こえた。

いや、この声を間違える訳がない。ルリイだ。

「……掲示？　いや。俺は試験に落ちたみたいだから、領地に戻ろうと――」

「落ちてないですよ！　マティくんは主席です！」

そう言ってルリイが指したのは合格発表の紙よりもやや上の方に張られた紙だった。

題名、『特待生合格者一覧』。

その一番上に、俺の名前があった。

「おお……受かってる！　受かってるぞ！」

まさかこの掲示……一般合格者と特待生が、別々で張られているのか⁉

なんて分かりにくいんだ！　危うく不合格と勘違いして、故郷に帰りそうになったじゃないか！

「しかも、同じクラスですよ！　Ａクラスです！」

そう言いながらルリイは俺の手を握って喜んでいる。

初対面の時には怒らせてしまったようだが、何とか仲直りできたようだ。

俺の手を握っているのは無意識のうちにといった感じに見えるが、これはこれで嬉《うれ》しいので黙っておこう。

それはそうと、よく見ると合格者の名前の横には、各科目の得点と、クラスが書かれていた。

しかし、表示がいまいち分かりにくい。

というのもクラス分けには左から『冒険クラス』『魔法クラス』『剣術クラス』『座学クラス』の四つの項目が用意されており、それぞれ別のアルファベットが書かれているのだ。

ちなみにルリイは『冒険クラスＡ』『魔法クラスＡ』『剣術クラスＡ』『座学クラスＡ』で、俺は『冒険クラスＡ』『魔法クラスＳ』『剣術クラスＳ』『座学クラス：空欄』だ。

冒険クラスは総合得点順に振り分けられているようだが、それ以外は個々の科目の成績でクラスが分けられているようだ。……俺を除いて。

っていうか、空欄って何だよ。

「同じクラスって、冒険クラスのことか？」

「はい！　第二学園でクラスって言ったら、冒険クラスのことです！　教室は、冒険クラスで決まりますから——」

「ひゅーひゅー。手なんて握っちゃってー。妬《や》けちゃうねー。あ、私もAクラスになったから、これからよろしくねー！」

「手……？　あっ、すいません！　私ったら無意識に……」


俺とルリイが話しているところに、アルマが割って入ってきて、手のことを指摘した。

それで俺の手を握っていたルリイは、手を離してしまった。おのれアルマ。

……ところで、『焼けちゃう』とは何の話だろう。俺の知らない間に、炎魔法の話でもしていたのだろうか？


「それで、何の話してたの？　もしかしてボク、本当に邪魔しちゃった？」

ああ。邪魔されたぞ。前世で知った魔法の中に怒りを原動力にする魔法があったが、今ならそれを発動できそうな気がする程度には邪魔されたぞ。

「じゃ、邪魔なんかじゃないです！　アルマが受かってよかったですし、同じクラスでよかったです！」

そうだよな。誰も俺みたいなぼっちの手なんて握りたくないし、気付かせてくれたアルマは救世主に見えるよな……。

……いかん。前世でぼっちを貫くはめになったトラウマが復活しかけている。

「ところでマティ君のクラスと点数、何かおかしくない？」

「そうか？」

「クラスSとか空欄なんて見たことないし、点数が軒並み限界突破してるよ！」

特待生合格に気を取られて、点数にまで目が行っていなかった。

アルマに言われた俺は、総合得点や科目ごとの点数が書かれた欄に目をやる。

総合得点　五十点中二百五十七点

剣術　十点中百二十点

魔術　十点中七十五点

座学　三十点中六十二点

確かに、点数がおかしい。

っていうか、一個も満点の範囲に収まってないじゃないか。

ちなみに総合得点二位はルリイで、四十七点だった。これ、俺が剣に魔法を付与しなくても合格してただろ。


「……なんだこれ。誤植か？」

「誤植にしても酷すぎるよ……。ほとんど原形をとどめてないじゃん！」

「剣術に関しては、そうなってもおかしくないのかもしれません」


俺が困惑し、アルマが叫んでいると、ルリイがつぶやいた。

「あのガイルっておっさん、そんなに強いのか？」


確かに父カストルより強かったが、勝ったからといって十点中百二十点をもらえるような相手かどうかと言われると、疑問が残る。

父カストルが普通の試験官をぶちのめして三十点を取ったことを考えても、せいぜい五十点といったところではないだろうか。

「ガイルって……まさか、騎士団長のことじゃないよね？」
「そのまさかです！　試験を視察に来てた騎士団長さんが、剣を買いに行ってしまった先生の代わりに試験官を務めたんですよ！　それでマティくんが、騎士団長さんを倒してしまったんです！」

えっ、あのおっさん、騎士団長だったのか⁉
いや。流石にそんなはずはないだろう。騎士団長はもっと強いはずだ。
騎士団長があの程度の強さだったら、ドラゴン一匹で国が滅びかねない。

「ルリイは冗談を言うタイプじゃないはずなのに、色々突っ込みどころしかないよ……。まあ、ここに名前が出ている以上合格取り消しはないはずだし、当日に行ってみれば分かるんじゃないかな！」

あっ、こいつ思考を放棄しやがった。
うん。俺もそうしよう。それがいい。

第五章

Chapter 5

Shikkakumon no Saikyokenja

入学当日。

俺《おれ》は今まで泊まっていた宿を引き払い、学園へと向かっていた。

学園には寮があるようなので、今日からはそこに入る予定だ。荷物はアイテムボックスに入れてある。

クラス分けがおかしなことになっていたので、少しだけ不安はあるが……まあ、何とかなるだろう。


学園の入り口には、新入生と思《おぼ》しき学生たちが沢山《たくさん》集まっていた。

まだ制服は支給されていないので、違うのが混ざっていても見分けはつかないのだが。


「えーっと、入学式か何かがあるんだったか？」


門のあたりに張られていた掲示を確認すると、そこには入学式は校庭で行われると書いてあった。

やっぱり、入学式はあるようだ。正直長い話は苦手なのだが、こればかりは我慢《がまん》するしかないか。

第四紋の魔法をもっと効率的に遠くへ届ける方法でも考えながら、偉い人の話を聞き流すことにしよう。

そう考えながら、俺は校庭に出た。

しかし俺の入学式に関する予想は、いい意味で裏切られることになった。

入学式が始まってすぐに壇上へと上がった校長は、およそ王立学園の校長を務める人物には見えない外見だった。

鍛えられた筋肉に、傷跡だらけの顔。どう見ても戦闘者だ。この姿を見て『校長先生』という単語を思い浮かべる奴《やつ》は、この世界にはいないだろう。いたとしたらどうかしている。

ちなみに名前は、エデュアルトというらしい。

「私は長い話が嫌いだ。格式があーだ伝統がこーだというのは第一学園の連中に任せておこう」

そして壇上に立った校長の第一声が、これだ。

素晴《すば》らしい。話の長くない偉い人を見たのは、前世を合わせても初めてかもしれない。

「第二学園では、実力が全てだ！　第一学園とは違い、ここでは家柄も紋章も年齢も関係ない。余計なことを持ち込む奴《やつ》がいたら、俺自《みずか》ら根性を叩《たた》き直してやる！　……そして残念なことだが、第二学園の生徒のおよそ一割は、在学中に命を落とす。そうなりたくなければ、強くなることだ！　この学園には、そのための環境がある。ヒヨッコ諸君、力を磨《みが》け！　……以上だ！」

……王立第二学園って、軍人学校か何かなのか？

そんな疑問を残しつつ、入学式は終了した。

一人ずつ名前が呼ばれることもなく、校長以外の偉い人が出てくることもない。

ただ、他《ほか》の生徒たちが平然としているところを見ると、王立第二学園は元々こういう場所なのかもしれない。

俺にとっては、割と好都合なのだが。

「ではA組の人は、こっちに集まってください！」

「B組はこっちだぞー！　急いで集まれー！」

入学式が終わると、先生らしき人が校庭に出てきて、人を集め始めた。

組というのは冒険クラスのことだろうから、俺はA組のところについていけばいい訳だな。

「よし、人数は足りていますね。A組の教室はこっちです。ついてきてください！」

俺達は先生の後ろを、ぞろぞろとついていく。A組に所属する生徒は、二十人といったところか。

その中にはルリイやアルマといった知り合いもいたが、あの軍隊じみた演説を聞いた後で無駄口を叩《たた》く気にはならないようで、全員無言だ。

あの校長の前でそんなことをすれば、ぶん殴られたりしそうだしな。


「教室はここです。少しすれば担任の先生が来るので、それまで座って待機していてください」


どうやら引率の先生は、担任ではなかったようだ。

俺達は教室に取り残され、担任の先生を待つことになる。

どのくらい待てばいいのか分からず、微妙な空気が流れ始めた頃《ころ》、教室の扉が勢いよく開かれた。

そして、開かれた扉から勢いよく出てきた男が、高らかに宣言した。


「俺がこのクラスの担任となった、エデュアルトだ。これからよろしく頼む」


……あれ？　ここの担任って、校長なのか⁉

校長先生がクラスを受け持つだなんて、初めて聞いたぞ。今の世界ではこれが普通なのだろうか。

「ああ。知っていると思うが、俺はここの校長だ。忙しい時もあるから、そういう場合のために副担任がいる。ちなみに、そこにいるバカが副担任だ」

そう言って校長は、校長の少し後ろについてきていた男を指した。

何やら鉄拳制裁を食らったかのような痕跡《こんせき》が顔に残っているが……それを除けば、どこかで見覚えのある顔だな。

「こいつは試験を途中でほっぽり出して剣を買いに行くようなバカだが、剣の腕はそこそこだ。俺がいないときに何かあれば、こいつを頼れ」

なるほど。見覚えのある顔だと思ったら、あのときの試験官か。

結局彼が剣を買えたのかどうかが気になり、俺は彼の腰に目をやったが、どうやら彼が持っているのは別の剣のようだ。

まあ、あの俺が魔法を付与した剣には目の玉が飛び出るような価格がつけられていたはずだし、買えないのも無理はないか。

「それと、一つ詫《わ》びねばならん。入学式での発言に、一部間違いがあった」

間違い？　実は死亡率が一割じゃなくて、生存率が一割だったとかいう話か？

「俺は演説の最後に、ヒヨッコ諸君と言ったが、アレは正確ではない。今年の入学者には、明らかにヒヨッコとは呼べない奴が混ざっているからな。そいつが誰《だれ》だかはあえて言わんが……まあ、そのうち分かるだろう」

そう言って校長は、俺の方を見てニヤリと笑った。

なんだか、狙《ねら》い撃ちされているような気がする。

もしかして、校庭を壊したのを恨まれているのだろうか。ちゃんとすぐに直したのに。

「ちなみに我が学園では、生徒同士での教え合いも奨励している。面白《おもしろ》そうな奴がいたら、喧嘩《けんか》でも売ってみるといい。互いの実力を知るには、一番手っ取り早い方法だ」

……それは教え合いと言えるのだろうか。

前世でぼっちだった俺でも、流石《さすが》に喧嘩から入るコミュニケーションがおかしいことくらいは分かるぞ。

「まあ、Bクラスに落ちでもしない限りお前達はよくパーティーを組むことになる。自己紹介はしておいた方がいい。必要ならば戦闘訓練場を貸し出すが……」

いらない。

クラス全員の心の声が、ハモった気がした。

……っていうか、クラスが落ちることってあるんだな。

「自己紹介の順番は……まあ何でもいいか。よし、学年主席のマティアス！　自己紹介はお前からだ」

どうやら校長は、俺達のことを下の名前で呼ぶらしい。

この学園では家などは関係ないという話だったので、その関係なのかもしれない。

貴族として有名な名字とかが混ざっていた場合、嫌でも意識することになってしまうし。

俺も意図をくんで、下の名前だけで自己紹介してみることにする。

「マティアスだ。マティとでも呼んでくれ。えーと……」

そういえば、何を言うか全く考えていなかった。なにしろ、数百年ぶりの自己紹介なのだ。
……まあ軍人学校のようなものだとすれば、余計なことは言う必要がないだろう。無難に戦闘方面の自己紹介でいくか。

「紋章は第四……いや。失格紋だ。近距離の物理魔法混合戦闘が得意だ。これからよろしく」

今の世界では第四紋という呼び方は一般的ではないので、今の時代に合わせてみた。
俺の自己紹介を聞いて、教室が少しざわつく。

「物理魔法混合戦闘って、何？」
「っていうか、失格紋で魔法って使えたっけ？」
「私も失格紋だけど、魔法なんて使えないよ？」

そんな教室の様子を見て、校長がニヤニヤしている。
しかし、物理魔法混合戦闘や失格紋についての解説を行うつもりはないらしい。

「次！　学年次席のルリイ！」

俺の自己紹介が終わると、校長は手元の紙に目を落とし、それからルリイの名前を呼んだ。

恐らくあの紙は、成績順の名簿か何かなのだろう。


「はいっ！　ルリイです。魔法が得意ですけど、剣も少しだけ使えます。魔法付与師を目指しています！　あの……よろしくお願いしますっ！」


やや緊張しながら、ルリイが自己紹介する。

俺の時ほどではないが、教室がざわついた。

どうやら第一紋のルリイが、魔法付与師を目指すのが珍しいらしい。第一紋は、魔法付与師のためにあるような紋章なのだが……。


今の世界の紋章に対する評価が、あべこべすぎる。

誰かが悪意を持って、非効率な役割分担を強《し》いているんじゃないかと思うほどだ。


「次！　エイス！」

「はい！」

その後も自己紹介が続き、
学年二位から七位までは、全員が第一紋だった。
そして、そのうちルリイを除いた五人全員が魔法使い志望だ。

「次で最後だな。……アルマ！」
「はーい。ボクはアルマ。常魔紋だから、剣士を目指してるよ。まあ魔法でも剣でも、ルリイに勝てないんだけどね……。弓なら得意なんだけど……」

なんだか、とても残念な自己紹介だった。まあ、相手が学年次席では仕方ないのかもしれないが。
剣に至っては、武器の性能が違いすぎるし。
そしてここでも、魔法向けの常魔紋の持ち主が、なぜか剣士を目指していた。

「これで全員終わったな。何か質問のある奴はいるか？」
「先生、質問です！」

アルマが手を挙げた。

「何だ？」

「合格発表の時、マティアス君の点数がおかしかったんですけど、あれは記録の間違いですか！」

「ああ。そのことか。おかしいのは記録じゃなくてマティアスだ。どうおかしいのかは、実技の授業で確かめるといい。とりあえず当面は、ＳクラスとＡクラスの訓練は合同だからな。その辺について話があるから、マティアスは後で校長室まで来てくれ」


そんなこんなで、最初のホームルームが終わり、俺は校長室へと連れて行かれることになった。

一体、何を言われるというのだろう。


「よし。全員集まってるな」


俺達が入ったとき、校長室にはすでに大勢の大人が集まっていた。

恐らく、この学園の教師だろう。何人かは試験の際や入学式の際などに見た覚えがある。

人数比は、学者系が三割、魔法使い系が四割、剣士系が三割といったところか。

物理魔法混合系が一人もいないのが気になるが、その点を除けばバランスのいい構成だ。

「早速で悪いが、マティアスにはこの問題を解いてみてほしい。それと、これもだ」

そう言って校長は、俺に二つの問題が書かれた紙を差し出した。

そして学者系らしき教師たちは、俺の手元の動きを少しでも見逃すまいと観察しはじめる。

問題のうち最初に書かれた方は、この間受けた入学試験の問題だった。

もしや、カンニングか替え玉受験でも疑われているのだろうか。


幸いなことに、問題はどちらも初歩的な魔法陣数学だ。最初の問題は三平方の定理さえ知っていれば、二十秒で解けるだろう。次の問題はもう少し複雑だが、三分あれば足りるな。

俺は用意された紙に計算式を書き、計算ミスに気を付けながら解答を導き出す。


まあ、この程度の魔法陣であれば、計算などせずとも感覚で組めるのだが。

というか魔法陣数学は付与魔術の基本なので、そのくらいできないと五重くらいの付与でも苦労することになるだろう。

そんなことを考えながら、俺は問題を解き終わった。


「……一瞬……だと……!?」

「おい、この解答、合ってるのか?」

「未解決問題だぞ。実際に魔法を組んでみなければ、分かるはずがないだろう」

「だが少なくとも、矛盾点は見当たらなかった。これはひょっとして……」

「付与科の先生なら、実際に作って確かめられるんじゃないか？」

「ちょ、ちょっと実験用の魔石を取ってきます！」


俺が問題を解き終わると同時に校長室が一気に騒がしくなり、慌《あわ》ててどこかへ走って行く先生も出始めた。

あれ？　何か、カンニングを疑っているのとは雰囲気が違うような気がするな。

何かやらかしただろうか、と思い、俺は校長の方を見る。


「校長先生、これは――」

「マティアス、お前、自分が何を解いたか分かっているか？」

「この学園の入試問題と、その発展問題ですよね？」


俺の回答を聞いて、校長はにやりと笑った。


「確かにそれは、王立第二学園の入試問題だ。……ただし、解けない前提のな」

「解けない前提？」

「ああ。解けずとも、どこまで考えられるか試すためのな。……もっとも、お前は解いたようだが」

この簡単な問題が解けない前提だとは、おかしなことを言うものだ。

もし魔法付与師がこの程度の魔法陣も組めないのであれば、この世界ではまともな魔剣一つ作れないことになるじゃないか。

まさか、ベイスの鍛冶屋《かじや》にあった魔剣がまともな品として扱われるなんてことはないだろうし、それはあり得ない。

「正解を教えてやろう。第一問は王立魔法大学の入試問題、第二問は国中の魔法学者が集まっても未《いま》だに解けていない、未解決問題だ」

……は？

あの簡単な問題が、未解決問題⁉

「流石に嘘《うそ》ですよね⁉」

「いや、事実だ。ついでに言うとマティアスが倒した剣術の試験官はこの国の騎士団長だし、魔術の試験で吹き飛ばした的は十発当てて一個壊すだけで満点がもらえる代物だ。色々事情があって七十五点になったが、五百点くらい出そうという案も出ていたぞ」

何だこの状況。俺をかつごうとしているのか？

っていうか十点満点で五百点って何だよ。満点の意味が全くないじゃないか。

しかし、周囲の教師たちに冗談を言っている様子はない。

付与担当と思《おぼ》しき教師は大真面目《まじめ》に俺が書いた魔法陣を魔石に刻もうとしているし、他の先生は、その様子を真剣に見つめている。

そもそも、こんなことで俺をだますメリットがない。

まあ、とりあえず話を進めてみようか。

「じゃあ、もし今の話が本当だとしたら、どうするんですか？」

こんな状況の中に呼び出した以上、校長達にも何かしらの目的があるはずだ。

対応を決めるのは、それを聞いてからでも遅くない。

「その年でこれだけの力を身につけていると言うことは、色々と特殊な事情があるのだろう。俺達にそこを詮索《せんさく》するつもりはない。……ただ少し、協力を頼みたくてな」

「……協力？」

「ああ。実は今、この王立第二学園は存亡の危機に立たされているんだ。……まあ学園自体がなくなるわけではないから、存亡の危機というのは正しくないかもしれんが」

「それは、どういう状況ですか？」

「この国に、王立学園が二つあることは知っているよな？」

「まあ、第二学園ですしね」


第二学園があるからには、第一学園もあるのだろう。

潰れたりして第一学園がなくなっていない限り。


「その第一学園が問題なんだ。今の貴族どもは、第二学園のやり方が気に入らないらしい。それで第二学園に、第一学園のやり方を強いようとしているんだ。実績では、あちらのやり方の方が上だと言ってな」


……ふむ。

王立の学園だと、やはり教育のやり方も国に左右されることになるのか。


「実績のあるやり方に教育を変えていくのは、悪いことではないと思いますが」

「その通りだ。教育の実績が、適切な方法で判断されていればな」

「……されていないんですか？」

「ここに、第一学園と第二学園の評価と、その理由のリストがある。正しいかどうかは、それを見て自分で判断してくれ」


そう言って俺に渡されたのは、数枚の紙の束《たば》だ。

一番最初の紙には作成者や協力者の名前と、王家のものと思しき判が押してあった。

俺はそれを一枚めくり、目を疑った。


この国では年に一度、第一学園と第二学園の選抜生徒で対抗戦を行い、優劣を競うらしい。

ここまではいい。

なぜかその選抜生徒が、初等部二年までに限定されているのだ。


俺達は初等部一年であり、対抗戦は学期が始まってから一ヶ月ほどで行われるようなので、入学から対抗戦までの時間は十三ヶ月といったところか。

対人戦で勝敗を決めるには、あまりにも早すぎる。


「これ、早すぎるのでは？」

「やはりそう思うか。俺達も同意見だ。入学一年後は、まだ対人戦をやる時期ではない。訓練として剣で打ち合う練習はしても、対人戦特有のテクニックなどを教えるには早すぎる」

間違いだらけだった今の世界の常識だが、この校長が言っていることは正しい。

戦闘の基本は、やはり対魔物戦だ。

対魔物戦で基本が身につく前と後では、対人戦のやり方も全く違う。ほとんど共通点がないと言ってもいいくらいだ。

だから、基本を身につける前に対人用の技術を教えても、まず無意味だ。有害であると言ってもいい。

もし対策を立てて勝ったところで、数年後には対魔物戦からきっちりやった方が圧勝するに決まっている。馬鹿馬鹿《ばかばか》しい。

心の中で対抗戦の企画者に文句をつけながら、俺は次のページをめくる。

そこには、第一学園が上げた『研究成果』とやらが列挙されていた。第二学園のものは一つもない。

しかし、その全ては詠唱魔法に関するもので、しかも今までのものと比べて少しだけ威力の大きい詠唱魔法を見つけただとか、少しだけ詠唱の短い魔法を見つけただとかいう、極めて下らないものばかりだ。

そんなことは、普通に（つまり詠唱をせずに）魔法を使えば、魔力の調整一つでなんとでもなる。こんな物が研究成果なのか。

「……どう思う？」
「とりあえず、第一学園のやり方が話にならないことは分かりました。でも、第二学園の成果が一つも書かれていないのはどういうことですか？」

第一学園がダメだとしても、第二学園がそれよりマシだとは限らない。
研究成果が一つもないとは、一体どういうことなのか。

「研究成果はある。ただ、全て認められなかったんだ」

俺の質問に、校長が苦々しい顔で答える。周囲の魔法系教師達も、悔しそうな顔をしていた。

「認められなかった、とは？」
「今の学会において魔法の研究とは、イコール詠唱魔法の研究なんだ。それ以外は認められない」
「……つまり第二学園では、無詠唱魔法の研究をしていると？」
「その通り。これが、その成果だ。……マティアスが教室で言っていた『物理魔法混合戦闘』というのは、俺達が目標としているものなんじゃないか？」

言いながら校長は、分厚い紙の束を差し出した。

その中身は粗《あら》削りだが、確かに詠唱を使わない魔法の使い方やその実用性について、真剣に研究している様子が見られた。

教育の方法も、そこまで効率的とは言えないが、全く的外れだとは言い切れない程度にまでは洗練されている。

校長が言っていることが本当であれば、この第二学園は、詠唱魔法が蔓延《まんえん》した今の世界に、無詠唱魔法を取り戻すつもりだということになる。

ああ。確かに第二学園のほうが、第一学園よりよっぽどマシだ。

「マティアスが使った無詠唱魔法の話は聞いているし、校庭を直した土魔法は俺自身も見させてもらったが、あれは詠唱魔法でも不可能なレベルの芸当だ。……そして無詠唱魔法の教育に今一番必要なのは、実績なんだ。その実績にマティアス、君自身がなってもらいたい」

話の流れからして、実績というのは対抗戦に出ろということか。対抗戦に出られるのは二年『まで』とのことだから、一年も出られるはずだしな。

面白そうじゃないか。

自分を鍛えるのは自分だけでできるが、強い味方を育成するのは自分一人では不可能だ。

そしてこの学園には、まだ非効率な詠唱魔法に染まりきる前の生徒たちがいる。今からなら、ちゃんとした魔法もすぐに覚えられるだろう。

この話、俺にとっても悪くない。むしろ願ってもない機会だ。

「話は分かりました。ただし、俺からも三つほど条件を出してもいいですか？」

——だが、改善点はまだ存在する。俺が頷《うなず》くのは、その条件が一部でも認められてからだ。

「……条件によるな。もちろん可能な限り受け入れるつもりでいるが、何でもかんでも受け入れるというわけにはいかない」

賢明な回答だな。

安請け合いされるよりよっぽど信用できる。

「まず一つ目ですが、ここに書いてある魔法の教え方には、いくつか改善点があるように思います。

その点に関して、いくつか相談をさせてもらいたいんです」

一番の問題は、この指導方法には魔力操作のやり方を教える項目が入っていないという点だ。

恐らく、詠唱だけすれば自動で魔力を制御してくれる魔法を教えていたせいで、魔力を制御するという発想があまりないのだろう。

「受け入れよう。現状この学園で無詠唱魔法に最も長けているのは、恐らくマティアスだからな。こちらから頼みたいくらいだ」

即答だった。

まあ、俺が言ったことを全てそのまま取り入れろと言っているわけではないからな。

「二つ目は、無詠唱魔法の授業を戦士系に限らず、魔法使い系の生徒にも行うことです。あと詠唱魔法は無意味なので、教えるのをやめてしまいましょう」

「……お前ら、どう思う？」

俺の言葉を聞いて、校長は少し考え込んでから魔法使い系の教師達に問いかけた。

魔法使い系の教師達は少し相談して、それから校長に言った。

「正直、難しいと思います。私たちが研究していた無詠唱魔法は、あくまで元々魔法を使えない前提の剣士が使うためのものです。今のところ無詠唱で詠唱魔法を超えられる魔法使いはマティアス君しかいませんし、今の段階において魔法使いが使う魔法としては詠唱魔法が適切だというのが、我々の見解です」

まあ、そうだよな。今まで教えてきた、しかも剣術と並んで実技科目の主軸となっていた詠唱魔法の授業をいきなり潰《つぶ》せなどと言われても困るはずだ。

これに関しては、完全に受け入れられるとは最初から思っていない。ちょっと吹っかけてみただけだ。

「では、詠唱魔法を残しつつ、無詠唱魔法も教えるというのはどうだ?」

「それは可能だと思いますが、詠唱魔法の基礎が固まっていない生徒たちに無詠唱を教えると、詠唱魔法の習得に悪影響を与えてしまうかもしれません」

「……では、剣士志望に加えて、魔法Aクラスの希望者に教えるというのはどうだ? 魔法Aクラスなら詠唱魔法はすでに最低限扱えるし、希望者のみであれば問題もないはずだ」

「それなら大丈夫です!」

「この条件なら大丈夫だそうだ。詠唱魔法を完全に排除することはできんが、この辺で納得してもらえないか？」

「分かりました」


十分すぎると言ってもいいくらいの成果だ。

一部の生徒だけでも無詠唱魔法を学んでくれれば、そこから無詠唱魔法の実績ができて、無詠唱魔法を普及させるきっかけにもなるはずだからな。

最初から全員に学ばせる必要はないだろう。


「では、三つめの条件ですが……この学園の地下には、小規模なダンジョンがありますよね？　そこに入る許可を下さい」


この学園に来た時から、ダンジョン特有の魔力反応があるのには気付いていた。恐らく小規模で、弱い魔物のいるダンジョンだ。

今の魔力探知能力ではそれ以上のことは分からないが、特筆する点のないダンジョンだとしても、今の俺にとっては貴重な狩り場になる。

なにしろ、学園から移動時間ゼロで行って魔物を倒し、自分を強化しながら魔石や素材を確保できるのだ。資金源にもなるかもしれない。

「学園地下のダンジョンというと、エイスラート中迷宮のことか。それなら二年になれば、嫌でも実戦訓練で入ることになるが……それを待たずに入りたいということか？」

「はい。やはり戦闘の練習には、実際に魔物と戦うのが一番ですから」

「……正直、マティアスの実力なら、迷宮上層に入るのは何の問題もないと思う。無詠唱魔法を抜きにしても、騎士団長に剣で勝てる者など、この学園にはいない。マティアスに許可できないなら、誰にも許可できないことになる」

「じゃあ――」

「ただ、学園としては基本的に、迷宮攻略は五人以上でとの方針になっていてな。一人というのは難しい」


ソロは禁止か。

まあ、分からないでもない。迷宮を一人で攻略するというのは、確かに割と特殊なケースだ。

単純に、一人で入ると戦闘を全て自分一人で引き受けることになるので、素材などの回収が難しい。

それと休憩などがしにくくなってしまうので、死亡率が跳ね上がるのだ。

確か前世で取られた統計だと、死亡率は三人パーティーに比べ三倍ちょっとだったか。

統計などを抜きにしても、多少の人数がいると、攻略はやりやすくなるだろう。

他のメンバーを、足手まといにならない程度には訓練する前提だが。

「……では、三人では？」

前世におけるパーティーの最小構成は、三人だった。

戦闘系が二人と、第一紋のサポート係が一人というわけだ。

まあ、五人ではいけないというわけではないのだが、

「三人か。そのくらいならまあ、変えることが可能な範囲だ。三人だけ特別扱いだと発表するわけにはいかんから、希望する三人パーティーが試験を受けて、合格すればどのパーティーでも入れることになると思うが」

どうやら、受け入れられたようだ。

「ちなみに、試験の内容は？」

「単純な戦闘力の試験だよ。入学試験を少し難しくした程度のもので、パーティーの全員が二年進級レベルを満たしているかどうか確認する。現在の二年生よりも戦闘力があると認められれば、ダンジョンの攻略を認める」

余裕だな。

無詠唱魔法を教えれば、そこらにいる生徒でもすぐに突破できる試験だろう。

まあパーティー編成の方は、三人でも俺のコミュ力には荷が重いといえば荷が重いのだが……いずれ四百年もしないうちに、恐らくパーティーでの戦闘に必要になってくるはずだ。

今挑戦するかその後に挑戦するかなら、今の方がまだましだと思う。せっかく学園側が、口実を作ってくれるのだし。


交渉の翌日。

俺は無詠唱魔法の第一回授業に参加すべく、制服（昨日、帰る前に支給された。特待生はなんとタダだ！）を着て校庭へと向かっていた。

入学式の翌日は本来授業がない日だったが、魔法系の先生方の強硬な主張により、急遽《きゅうきょ》日程が組まれたのだ。


「参加者は、何人くらい集まりましたか？」

今日は授業というよりはお試しのようなもので、目的は無詠唱魔法の力を知ってもらうことと、基礎的な魔力操作を教えることだ。

せっかくの休日に、自由参加の授業。しかも内容は実績の全くない無詠唱魔法ときた。

五人も参加すればいい方だろうな、などと考えながら、俺は近くにいた先生に質問する。


「魔法Aクラスが全員と、剣士志望の生徒が一人だね。まあよく集まった方だな」

「……剣士はともかく、魔法クラスはずいぶん多くないですか？」

「無詠唱魔法は、魔法使いにとってあこがれだからね。もし自分でも使えるかもしれないとなれば、飛びつくのは当たり前だ。特に魔法Aクラスなんて、かなりの向上心か才能がないと入れないから」


そういうものなのか。

まあ、いいことではあるな。沢山人がいれば、二人くらいは俺とパーティーを組んでくれるかもしれないし。


「それと、先生方が沢山参加しているよ。もともと魔法Aクラスは十七人しかいないから、先生の方が多いくらいかもしれない」

「先生が？」

「昨日の放課後、私達も校庭に集まって、君の教えてくれた方法に従って無詠唱魔法の練習をしてみたんだ」

「結果はどうでしたか?」

「それはまあ……見てのお楽しみかな」

そう言う先生は、妙に嬉《うれ》しそうだ。

どうやら練習の結果は、悪くなかったらしい。

◇

「よし、全員集まってるな」

そう言って先生は、二十本ほどの的を地面に突き立てた。

入学試験で使われたものとは違って、的が大分小さい。

強度はあまり高くなさそうだが、見たところ部品の一部が交換式になっており、再利用が可能なようだ。

「じゃあ今から、無詠唱魔法の授業を始めるぞ。……とは言っても、無詠唱魔法は使い手がほとんどいないし、見たことすらない奴が大半だろう。……そこで、今から無詠唱魔法を使える奴に実演してもらう」

「はい！」

先生の声に対し、生徒達が一斉に返事をする。

その目は一様にキラキラしており、無詠唱魔法への期待をうかがわせる。

無詠唱魔法って、本当に憧《あこが》れなのか。

「ということだからマティアス、今から無詠唱魔法で、そこにある的を全部破壊してくれ」

言われて、俺は的の前に出る。

それを見て、生徒たちは困惑の表情を浮かべた。

ルリイとアルマだけは、俺の方に手を振ってくれていたが。

「マティアスって、主席のマティアスだよな？　魔法実技の点数がすごいことになってたけど……

あれって誤植じゃなかったのか？」

「A組に聞いた奴がいたが、校長先生はミスじゃないって言ってたぞ」

「っていうか、あれ失格紋だよな？　魔法使いじゃなくて剣士だろ」

やはり、俺の紋章が気になるようだ。

ビフゲルのように蔑視《べっし》している感じはしないが、失格紋が魔法に向かないというのは、今の世界における共通認識らしい。

名前からして、低く見られていそうなことは分かるのだが。


……まあ、誤解を解くには言葉を使うより、実演して見せた方が早いだろう。

そう考えた俺は、生徒達の声をスルーして的へと向かう。


「始めていいですか?」

「ああ。いつでもいいぞ」


俺は確認を取ってから、まず身体強化で脚力を上げつつ、上へと跳んだ。

そして魔法を足場に空中でもう一度跳ね、的のうち半分を射程圏内に入れ、小規模な炎魔法を連続で放って破壊する。

次に、重力を魔法で相殺するようにして空中を飛びながら、射程に入った的を順番に破壊。

これで全ての的が破壊された。


わざわざ空中から攻撃したのは効率以外に、魔法の用途が単純な攻撃だけではないということを示すためだ。

さて。生徒たちの反応は……。


「す、すげえ……」

「すごいけど、自分でできる気がしないよ……？」

「これ、三年生の授業だっけ？」

「兄さんが卒業生で宮廷魔導師だけど、それでもあんなの絶対無理だ」

「もしかして、来る場所間違えた？」

「いや、でも先生はちゃんといるし、魔法撃ってたのも同じクラスのマティアス君だよ？」

「偽物のマティアス？」

「実は魔族とか？」


うーん。生徒達の反応は、あまり芳《かんば》しくない気がする。

詠唱魔法ばかり使っていると、無詠唱魔法が非現実的に見えるのだろうか。一部では、俺が実は偽物で、魔族だという説まで飛び交《か》っているようだ。

っていうか、今の時代にも魔族がいるんだな。

魔族というのは、黒い羽根がついていて、知能を持った人型に近い魔物のことである。

なまじ知能がある分、戦い方が陰湿で面倒な上、上位の龍《りゅう》ほどは強くならないという、誰も得をしない生き物だ。

しかも魔法に対して割と高い耐性を持っているため、倒すのが非常に面倒くさい。

まあ、弓や剣に魔法を付与することで強化した、半物理半魔法みたいな攻撃ならば普通に通るので、第四紋との相性は最高なのだが。

ちなみに弓は工夫をしないと避《よ》けられてしまうので、相性がいいかどうかは微妙なところだ。

その上、悪意以外の感情を持たないため、交渉も通用しない。

前世では色々と邪魔だったので、手当たり次第狩った結果、絶滅しかけていたはずなのだが……

どうやら、まだ残っていたらしい。

「分かります！　その気持ち、よく分かります！」

その状況を打開したのは、集まっていた先生のうち二人だった。

恐らく、魔法系で……俺が魔法の実技試験を受けた時、試験官をしていた先生たちだ。

「私も入学試験で始めてマティアス君の魔法を見た時には、そんなことを思ったものです。いえ。皆さんの方がまだマシでしょう。私なんて頭か目がおかしくなったと思って、病院に行きかけたくらいです」

「あの魔法は、酷《ひど》かったですからね……」


そう言って試験官をしていた先生たちが、遠い目をする。

これ以上、事態を悪化させないでほしいのだが……。


「しかし、無詠唱魔法はマティアス君にしか使えないものではありません。そのことを、今からお見せしようと思います。……ガイザル先生！」

「おう！」


試験官だった先生に呼ばれて出てきたのは、戦士系の先生だった。いや、教官とでも呼んだ方がいいだろうか。

鍛え上げられた筋肉と、背中に背負った巨大な剣。誰がどう見ても、歴戦の戦士だ。

そのガイザル先生が剣を抜き、部品を交換して再度立てられた的へと相対する。

「見るがいい、これが俺の、新しい武器だ！」

そう言ってガイザル先生は、背中に背負っていた巨大な剣を抜き、的へと向けた。

そして――

「ぬんっ!」

ガイザル先生のかけ声をともに、剣の先から小さい火の玉が飛び出す。

的は揺れただけで壊れはしなかったが、ガイザル先生がそれを意に介した様子はない。

「ぬんっ! ぬんっ! ぬんっ!」

剣の先から連続で火の玉が飛び出し、四発目で的を破壊した。

それを見てガイザル先生は、次の的へとターゲットを変える。

「ぬんっ! ぬんっ! ぬんっ! ぬんっ!」

今度も、四発で的が壊れた。

ガイザル先生の紋章は、第三紋のようだ。

第三紋の魔法はあまり威力がないものの、連射能力が高い。

そして訓練を積むに従ってその魔法の一発一発に威力が伴い、凶悪な火力を叩《たた》き出すのだ。

さすがに近距離戦での第四紋ほど火力は高くないが、集団戦においては非常に頼もしい紋章である。

なにしろ、人数を揃《そろ》えれば揃えただけ火力が上がるのだから。

「ガイザル先生って、魔法がほとんど使えない先生のはずだよな?」

「その先生が、魔法を……っていうか、普通に強くない?」

「あの的、五号標的だよね?　マティアスの後だと弱く見えるけど、五号標的を四発で倒すって、下級魔法上位クラスの威力なんじゃ……」

「ガイザル先生にできるなら、僕にもできるかもしれない!」

明らかに戦士系の先生が無詠唱魔法を使ったことは、参加者の面々に勇気を与える結果になったようだ。

俺が使った魔法だって、第四紋持ちが真面目に練習をすれば短期間でできるようになるはずなので、何だか納得いかない気持ちはあるが、まあ無詠唱魔法の有用性を分かってもらえたならそれでいいか。

数ヶ月もすれば、さっきの魔法が普通のものだという理解が広まってくれるだろう。

「ちなみに、ガイザル先生が無詠唱魔法を練習しはじめたのは昨日からだ。もともと魔法が使える先生がやると、こんな感じになるよ」

そう言いながら、魔法使い系の先生のうち一人が魔法を使い、的を二枚まとめてぶち抜いた。

「すげえ。中級魔法クラスの威力じゃないか……」

あの先生が第二紋（最初は特筆する点のない紋章だが、鍛えるに従って高威力の魔法を放てる紋章）だということもあるのだろうが、なかなかの威力だ。

非効率な詠唱魔法で魔力を酷使していたおかげだろうか。この学校の教師陣は、もともと魔力が鍛えられていたようだ。

中級魔法とやらが何なのかは、俺はよく知らないが。

「せんせー！　先生達はみんな、もう無詠唱魔法を使えるんですか⁉」

生徒の一人の質問に、一瞬先生方の空気が固まった気がした。

そして先生達は顔を見合わせ、申し訳なさそうな顔で言った。

「いや。実は剣術の先生はほとんど習得できたんだが、魔法の先生はまだ三分の一くらいしか使えていないんだ。やっぱり長い間についた癖《くせ》を直すのは、難しいみたいでね……」

校庭の空気が暗くなってしまった。

流石に何十年も詠唱魔法を使っていると、いきなり変えるのは難しいようだ。

しかし先生の次の一言で、校庭の空気は一変する。

「よーし。じゃあ今から、実際に無詠唱魔法の訓練をやるぞー。各自で的を立てて、その前に立ってくれ。全員、ファイアアローは使えるか？　Ａクラスはいいとして、剣士志望がいたはずだが……」

「はーい！　ボクが剣士志望ですけど、ファイアアローは使えまーす！」

そう言って手を挙げたのは、アルマだ。

参加者で唯一の剣士は、どうやらアルマだったらしい。

相変わらずルリイとは仲がいいようで、すぐ近くに立っているようだ。

「では、まずは魔力の動く感覚を覚える所からです。皆さん、的に向かってファイアアローを――」

そして、兄レイクに魔法を教えた時と似たような方法での魔法指導が始まる。

それから、およそ十分後。


「おおっ、魔法が出た！　やった！」

魔力の感覚をつかみ、無詠唱魔法の発動に成功した生徒が出た。

最初の成功者は、なんとアルマだ。


「ほら、見て！　ぬんっ！　ぬんっ！」

アルマは剣を構え、的に向かって火の玉を放つ。的は、火の玉二発で壊れた。

第二紋のアルマの魔法は、すでにガイザル先生の魔法より威力が高いようだ。

ただ――


「なあ、アルマ」

「どう？　ボクの魔法は！」
「魔法は上手《うま》くいってるんだが……そのかけ声まで真似《まね》る必要はないんだぞ」
「え？　……あっ」

どうやら、気付いていなかったようだ。
手遅れになる前に指摘できてよかった。詠唱の代わりに『ぬんっ！』などというかけ声が飛び交う戦場なんて、見たくないからな。

まあ、ちゃんとした魔法の普及が進み始めているようで何よりだ。

前世であれば、そこら辺から強い魔法戦闘師を捕まえてきて色々と教えれば、数百年でパーティーを組んで宇宙の魔物と戦えるレベルの魔法戦闘師を育成できそうだったので、こんなことをする必要はなかったのだが——
この状況だと強い魔法戦闘師が出てくるどころか、それより前に人類が滅びかねないからな。

そうならないよう、無詠唱魔法の基本くらいは広めておきたい。

アルマが無詠唱魔法を放ってからさらに数十分もすると、無詠唱魔法を使える生徒もだいぶ増えてきた。

教室のあちこちから歓喜の声や、魔法が的に当たる音が聞こえ始める。

それに混じって時々『ぬんっ！』というかけ声が聞こえるのが頭の痛いところだが、まあそのうちおかしいことに気付いてやめてくれるだろう。

どうしてみんな、そんなところまでガイザル先生の真似《まね》をしようとするのか。

できれば魔法の実演は、もうちょっと癖のない先生にお願いしてほしかったかもしれない。


「ルリイはどうだ？　感覚はつかめてきたか？」


アルマといっしょに無詠唱魔法を練習していたルリイは、中々苦戦しているようだ。

ルリイのほうが詠唱魔法は得意だったようなので、詠唱魔法を使っていた感覚が仇《あだ》になっているのかもしれない。

詠唱魔法を撃つとき、わずかに普通の詠唱魔法とは違う制御がかかっている感じがするので、全くつかめていないというわけではなさそうだが……その詠唱魔法を撃つペースが落ちてきた。

そして、何やら難しそうな顔をしている。


「少しだけつかめてきた気がするんですけど、魔力がそろそろなくなりそうで……」

「ああ。そういうことか」

どうやらペースを落としていたのは、魔力切れを恐れていたためらしい。

詠唱魔法は、威力の割に魔力消費が激しいからな。

「ちょっと手を……む」

「マティくん、どうしたんですか？」

「いや、魔力を渡そうと思ったんだけど、手をつなぐ必要があるんだよな……」

厳密には手でなくてもいいのだが、魔力の抵抗を減らすためにはある程度の接触面積が必要だ。

「魔力を、渡す⁉」

しかしルリイは、違うところに食いついたようだ。

まあ魔力の受け渡しは効率が悪いし、使う場面もそう多くないので、知らないのも仕方がないか。

この学園でもきっと、せいぜい授業の合間にちょこっと習う程度だろう。

「魔力調質の応用だよ」

「魔力調質……？」

「対象と魔力を同調させる魔法だ。本来は付与魔法とかに使うものなんだが、魔力の受け渡しにも使えないことはない。効率は悪いけどな」

魔力調質は第一紋が最も得意とする魔法の一つだが、遠くに飛ばす必要がないため、第四紋でも使えることは使える。

ただ、相手と魔力の質を完全に合わせることなどほぼ不可能なので、変換効率が落ちてしまうのだ。

ちなみに、魔力調質を使わないでも他人に魔力を渡すことはできる。その場合の変換効率はせいぜい〇・一％くらいだが。

「そ、そんなことができるだなんて……。お、お願いします！」

そう言いながらルリイは、手をこちらに差し出してきた。片手でいいのだが、両手だ。

俺はその手を握り、魔力調質を使いつつ魔力を流し込む。

ああ。癒《い》やされる……。

まあ、心は癒やされても、魔力はゴリゴリ減っていくのだが。

「……あ、ありがとう、マティくん！」

魔力の補充が終わると、俺は手を離した。今まで訓練をやっていたおかげで魔力総量はルリイよりだいぶ多くなっていたが、それでも変換ロスのせいで魔力が結構減ってしまった。

「……ところで、魔力の動きって、これかな？」

そしてルリイは、今ので魔力の動きをつかんだようだ。

魔力調質である程度質を合わせるとしても、外部から異質な魔力が入ってくるわけだからな。

これを使えば、他の人にも短期間で魔力を自覚させることができるかもしれない。

まあ元々魔力の自覚自体はそこまで時間のかかるものではないので、無理に簡略化する必要もないのだが。

「えいっ！　……で、できました！」

ルリイの指先から炎が飛び出し、的に命中して吹き飛ばした。

ルリイの魔法は他のクラスメートより大分強いようだ。今の段階ではだが。

第一紋だということもあるだろうが、ルリイはかなり鍛錬を積んでいたのだろう。学年次席だし。

「おめでとうルリイ！　たったの一日で、こんな魔法が使えるようになるんだね！」

「ああ。おめでとう」

一日というか、約四十分だが。

……そういえば、もしかして今って、パーティー編成のチャンスじゃないのか？

このクラスに現在二人しかいない知り合いが、目の前にいるのだ。

ルリイの第一紋は戦闘では最適とはいえないかもしれないが、第一紋は戦闘以外のシーンでは強力なため、パーティーに一人はほしい……というか、もはや必須ともいっていい紋章である。

第一紋がいないパーティーは、迷宮内部で休息を取ることにすら苦労する。

まあ前世の俺のように、第一紋が単独で迷宮やら魔物やらに喧嘩を売るのは、それ以上に無理があるのだが。

そしてアルマだが、アルマの持つ第二紋は、威力に優れた紋章だ。

そのため、割と早い段階から、装甲の硬い敵を貫けるようになる。つまり、深い階層でも戦いやすい。

深めの階層に潜る際、比較的弱い魔物をアルマに任せれば、俺は強い方の魔物に集中できるというわけだ。

正直、第一紋で沢山の敵をまとめて相手にするのは、たとえ相手が弱くても面倒な上に魔力消費が大きくなるので、雑魚《ざこ》を引き受けられる援護役がいるのは助かる。

そして将来的に俺が開発した魔法などを使えるようになれば、一撃で大陸の一つや二つは吹き飛ばせるくらいの魔法を撃てるようになり、宇宙にいる強大な魔物と戦う際の戦力にもなれるだろう。

……まあ、大陸を一つ消し飛ばすくらいなら、第一紋だった前世の俺でもやろうと思えばできた。

とても迷惑な上に無益なので、実際にはやらなかったが。

要するに二人とも、現時点では迷宮で戦えるレベルにないが、さほど時間をかけずに、「そこそこ役に立つ」レベルまで到達できるということだ。

よし、頼んでみるか。話すのは大分慣れてきたし、もし拒絶されても転生したくなるくらいのダメージで済むはずだ。


「……魔法が使えるようになったところで、二人に頼みがあるんだ」

「頼み？」

「ああ。ダンジョンに入るためのパーティーを、俺と組んでほしいんだ」

「二年生では、ダンジョンに入る時に五人パーティーを組むって聞きますけど……この時期から組むんですか？」

「流石に早くないかな？　ボクとしては大歓迎なんだけどね。ルリイとも組みたいし、マティ君なら何かヤバそうなとこに突っ込んでも、一人で何とかしてくれそうだし！」


例の話は、まだ伝わっていないのか。

まあ、昨日決まったことだしな。


「実は、一年生も入れるようになる予定なんだ」

「そうなんですか？」

「二年と同等の戦闘力があるかどうかの試験を受けて、合格すればだけどな」

「魔物を倒してると強くなるって、よく聞くもんねー。でもルリイはともかく、ボクで大丈夫なの？　マティ君なら栄光紋のもっと強い人と組めるんじゃないかって思うんだけど」

「問題ない。そもそも栄光紋って、戦闘向けじゃないしな。付与とかには強いけどな」

がっかりさせてしまうことになるが、このことはいずれ教える必要があるのだ。

であれば、無駄に引き延ばす方がよくないだろう。

気になるのは、ルリイの反応だが……

「それ、本当ですか⁉」

ルリイは驚きに目を見開き、ワナワナと震えている。

まあ、今の栄光紋の扱いを見る限り、こういう反応になるのは仕方ないだろうな。

だが、微妙に様子がおかしい気がする。

「ああ。残念ながら本当だ。栄光紋は成長率が低くて、戦闘には向かない。栄光紋以外なら、色々とやりようはあるんだが……」

「そうじゃなくて、付与の部分です！」

ああ。そっちか。

「栄光紋は付与向きだぞ。栄光紋は戦闘も鍛錬次第ではある程度できるようになるが、付与魔法は栄光紋以外では使う気も――」

「全然残念じゃありません！　最高じゃないですか！」

……あれ？

何だか、思っていた反応と違うぞ。

というか、ルリイの食いつき方がすごい。今までのおとなしさからは想像もできないレベルだ。

なんというか、目がキラキラしている。

「もしかしてルリイって……戦闘を捨ててでも付与がやりたいのか？」

「はい！　付与ができるなら、別に戦えなくてもいいです！」

付与魔法師志望とはいえ、戦闘に向かないと聞いたら、普通はがっかりするものだと思っていたのだが。

……というか、ルリイは付与魔法をやるためだけに、生徒の1割が死ぬ学園にやってきたというのか。

付与に加えて戦闘も、というのなら分かるが、付与だけを勉強したいのであれば、もっと平和的な場所で学ぶ手段がいくらでもあっただろうに。

俺のように情報もロクにないド田舎から、親に指定されて来たとかなら分かるが、ルリイもかなりの物好きだな……。


「でも、いいんですか？　戦闘向けじゃない紋章で、パーティーに入ってしまって……」

「もちろんだ。魔法の力をつけるのは、付与魔法にも必要なことだしな」


それとダンジョンに入れば、魔石が手に入る。

ダンジョンの気配からして、入り口付近にいる魔物は領地のあたりで倒した魔物よりはるかに弱いので、あまり質のいい物ではないだろうが、それでも練習には使える。

付与の練習にはとにかく魔石が沢山必要になるので、魔石の確保は重要だ。


「入ります！　私もパーティーに入れてください！」

「じゃあ、ボクも！」


……よし。これで俺は、ダンジョンに入るために必要なミッションの中で一番難しい部分をクリアした訳だな。

あとはこの二人が、二年生と同じレベルの強さになってくれればいい訳だが……もしかして二人は、すでに平均的な二年生より強いんじゃなかろうか。

二年生が使っているのは詠唱魔法のはずだし、威力でも魔力消費でも連射速度でも、二人の方が高いはず。

まあ、このままダンジョンに入るのは少し不安があるので、もうちょっと地上で訓練しておきたいところだ。

来月に対抗戦があるし、それが終わった頃にやればちょうどいいか。

「ところでアルマ。弓のほうが得意って言ってたけど、なんで剣に転向したんだ？」

「えっ、弓って使っちゃダメじゃないの？」

「ダメじゃないが……何でだ？」

「矢がないと役に立たないし、魔法と違って真《ま》っ直《す》ぐ飛ばないし……動物狩りくらいにしか役に立たないから、やめろって言われたんだけど……」

「どこのバカだそんなことを言った奴は……」

弓は確かに単体で使って強い武器ではないが、弓と矢にエンチャント魔法やら付与やらを乗せて強化することができる。

前世の世界では『銃』とかいう弓より威力も連射能力も高い武器が開発されていたが、魔法の付与に向かないせいで高レベルな戦闘では使われなかったくらいだ。

その弓があの詠唱魔法より弱いだと？　あり得ない。


そもそもアルマの第二紋は、剣よりも弓に向いた紋章だ。

連射速度では第三紋に及ばない第二紋だが、元々高めの威力にさらに魔法を乗せられるため、威力を出しやすいのだ。

これが第三紋だと、弓の連射速度が魔法の連射に追いつかず、中途半端《はんぱ》な速度で中途半端な威力の攻撃を繰り出す、第二紋弓使いの劣化版のようなものができあがってしまう。

ちなみに剣の間合いは実質、第四紋の独壇場《どくだんじょう》だ。


「じゃあボクも弓を使っていいの？　矢とか大変だけど……」

「ああ。ただ、矢に魔法を乗せる必要があるから、今までやってなかったならその練習が必要だな。魔法で補正できるなら、こんな矢でもまともに飛ぶぞ」

言いながら俺は近くに落ちていた木の枝を拾い上げ、魔法で適当に加工して矢の形にする。

羽根も刃もついていない粗末な矢だが、魔法を合わせればこれでも真っ直ぐ飛ぶし、ある程度の威力が出る。

「こんな矢で十分って言われても、それを今の時間で作れる人なんて見たことありません！」

「ルリイは第一紋だし、数ヶ月も練習すれば目を閉じててもこれよりマシなのを作れるようになるよ。まあそういうことだから、矢の心配はいらん」

「やった！　……弓は領地において来ちゃったんだけど、今度買ってくるよ！　……お金足りるかな……」

「練習って……もしかして、付与を教えてくれるんですか⁉　マティくんの付与って、なんか一子相伝のすごい付与魔法とかじゃないんですか⁉」

「付与はもちろん教えるよ。ダンジョンで魔石が手に入るようになってからだけどな。弓選びは……もしかしたら、選ぶより自分で作った方がいいかもしれない」


本来、武器はちゃんとした第一紋の職人が作った物の方がいいのだが、この間剣を選びに行った時に目に入った弓は、剣と同じくどれも酷《ひど》いものばかりだった。

あんなものを持って戦うなどと言われても、正直困る。

威力は魔法で補助できるにしても、最低限の連射能力と耐久性がほしい。


「作れるの⁉」

「あくまで、ちゃんとした弓が手に入るまでの間つなぎだ。性能にはあまり期待できないけどな。……これもルリイが加工とか付与の魔法を使えるようになったら、ちゃんとしたのに作り直してもらおう」

「でも、マティくんの期待できないって言葉は、全然信用できない気がします……」

「この剣とか、すごいもんね……」

「いや。弓は本当にダメだぞ。そもそも俺の紋章じゃ、魔法を付与できないからな」


剣への魔法付与は簡単だが、弓は難しいのだ。


「じゃあ、普通に強い弓?」

「まあ、そのくらいの期待にしておいてくれ。町で売ってるやつよりは多少マシなはずだし」

◇

その翌日。

俺は約束した通り、射られる矢が可哀想になってくるような性能の弓（ダンジョンで使いやすいように、小さめのサイズだ。威力を少しでも上げるために、申し訳程度に金属が使ってある）を作り、アルマに進呈したのだが……

「やっぱり嘘《うそ》じゃん！」

俺が作った弓を使い、数本の矢を射ったアルマの第一声が、これだった。

「期待外れの性能だったか？　だが町に行っても、ちゃんとした弓が売ってる場所なんて……」

やはりアルマも貴族家の娘のようだし、ちゃんとした弓を持っていたということだろうか。

「違うよ！　逆だよ！　何でこの大きさでこんな威力が出るの⁉　精度も高すぎておかしいし、この弓怖いよ！」

ええ……。

「それで、この恐ろしい弓、いくらするの……？」

聞きたくなさそうな顔をしつつ、アルマが俺に質問する。

値段か……

「んー……材料費が百エルミくらい、加工は二十秒くらいだから実質タダとして……百エルミだな。矢が付いてるけど、それは材料のあまりで作ったやつだからタダでいいぞ」


ちなみにエルミというのは、この国の通貨単位だ。

銅貨一枚が一エルミなので、銀貨は百エルミ、金貨は一千エルミということになる。


「安っ⁉　その値段は、いくらなんでも悪いよ……」

「百エルミはあり得ませんね。性能からいうと、強すぎて値段がつかないような弓ですし……」

「いや、百エルミだ。半年もすれば、多分この値段が適正だってことが分かる」


今だけのことを考えれば、ある程度高めの金を取るのもアリかもしれないが、そうすると後でルリイの付与魔法が上達したときに、この弓がぼったくりだったということになってしまう。

そういう火種《ひだね》を作るのは、できれば避けたいのだ。

……まあ、この弓を大量生産して市場にばらまくのも、それはそれで面白そうな気もするが。


「だからって、いくらなんでも……」

「じゃあ、その弓は売るんじゃなくて貸しておくってことにしよう。それと、俺の新しい剣作りに協力してほしい。まあ、まずは試験に受かって、迷宮に入るための鍛錬を積むところからだけどな。

あとルリイも、剣の貸しがあったよな？」

「ありますけど……剣作りへの協力では、借りを返したことにはなりませんよ？」

「そうなのか？」

「だって私が剣作りに協力するってことは、剣を作るための技術を教えてもらえるってことなんですよね⁉　それじゃあ、逆に借りが増えちゃいますよ！」

「確かにボクも、迷宮とかマティ君に魔法を教えてもらったりして、強くなれるんだよね……。これじゃボクが一方的に得することになっちゃうよ！　やっぱりボクも、弓のお礼は別のもので！」

「……そうか。ちなみに剣はいい材料が手に入り次第何本も作るし、理想的な剣ができるまで付き合うとなると、かなり時間もかかるが……それでもか？」

「それでもです（だよ！）」


どうやら、二人の意思は固いようだ。

貸しを返してもらおうと思ったら、逆に貸しが増えていた。

まあ、増えて困る物でもないし、今はそれでいいか。


ちなみにダンジョン試験の内容は、今日の朝、教室に貼り出された。

試験は入学試験と同じような方法で、放課後ならばいつでも受けられるらしい。

さらに試験に合格した場合、剣術か詠唱魔法のうち、試験で使った方の授業が免除されるというおまけつきだ。

これは、ダンジョン試験が二年への進級試験より難しいからという理由のようだ。

「ええと、試験って今日受けるんですよね？　大丈夫なんですか？」

「ああ。とりあえず試験を終わらせれば、あの詠唱魔法の時間をまともな魔法の練習に使えるからな。一刻も早く受けるべきだ。詠唱魔法は、付与魔法の役にも立たないしな」

ルリイの質問に、俺は即答する。

「分かりました！　今すぐ受けてきます！」

付与魔法と聞いてやる気が出てきたのか、ルリイもすぐに職員室へと向かい始める。

アルマはもう少し新しい弓で練習したそうな顔をしていたが、ルリイに置いていかれるのは嫌なのか、一緒についてきた。

「ダンジョンの試験を受けたいんですけど」

「やっぱりマティアス君たちも来たか。意外と遅かったね」

職員室で俺が言うと、すぐに先生が出てきた。

「遅かったですか？」
「この試験を受けるのは、マティアス君たちで四組目だ。みんな詠唱魔法の授業に出る暇があったら、無詠唱魔法を練習したいらしい。ちなみに今までの三組は、全部合格したぞ」
「……なんか、すいません」

無詠唱魔法の方が役に立つとはいえ、授業をしている先生に少し申し訳ない気分になる。

「いや。むしろ嬉しいくらいだよ。正直私たちも詠唱魔法を教えるのが馬鹿馬鹿しくなってきて、もっと早く無詠唱に授業を統一できないか、他の先生と相談しているところなんだ。……まあ実績が出ないと厳しそうなんだけど、対抗戦の結果が出たらすぐにでも統一するつもりだ」

おお。校長が入学式で言っていた実力主義というのは、本当だったようだ。
これは、思ったより早く無詠唱魔法が広がる期待をしてもよさそうだな。
そんなことを話しているうちに、俺達は試験場（とはいっても、校庭だが）に到着した。

「さて。試験の内容は入学式と同じだ。基準はそれより高いけどね。誰から始める？」

「じゃあ、俺からで」

校庭に的を立て、魔法を放つ場所の線を引いた先生の質問に、俺は真っ先に手を挙げた。

ルリイとアルマも、先に誰かがやるのを見てからの方がやりやすいだろうからな。

距離は入学試験より少し伸びて、約四十メートル。第四紋にはきつい距離だが、まあ何とかなるだろう。

万が一にも不合格なんてことがないよう、校庭を修復するための魔力だけ残して、ミスリル合金でも全部吹き飛ばせるだけの魔法を——

「ストップストップ！　合格だ！　マティアス君は魔法も剣も好きな方で合格にしていいってことになってるから！」

魔法を組み立て始めようとしたところで、先生のストップがかかってしまった。また俺が校庭を壊すと思われたのだろうか。

まあ俺がこのまま試験を受ければ、間違いなく壊れるわけだが。

とりあえず、魔力を無駄遣いせずに済んだだけよしとしよう。

これで俺は、あの詠唱魔法の授業に出る必要がなくなったわけだ。座学の授業も免除なので、実質出る必要があるのは剣術だけだな。

正直、この世界がどう変わっているのかに興味があるので、座学は少し出てみたいのだが……まあ、無理して出ることもないか。そのうち分かるだろうし、世界がどうなっていようと、強ければ大体のことは何とかなる。うん。

ちなみに魔法が酷い理由だけはルリイに聞いてみたが、元からこうだとのことだ。どうやら魔法が衰退したのは、今よりもずっと前らしい。

それはそうと、この試験は第四紋に厳しすぎる気がする。


「この試験には、改善の余地があるかと。失格紋は近距離専用の紋章なので、的に魔法を届かせられなくても十分役に立ちます。まあ他の紋章と違って、剣術が扱えないと厳しいですが……」

「その件に関しては、職員会で相談中だ。今までの授業では、マティアス君の言っていた紋章の性能に関する話に、間違っていそうな点は見当たらなかったんだが……紋章の評価を抜本的に見直すとなると、流石に簡単に決めるわけにはいかなくてね。これからの授業の成果待ちになりそうだ」

まあ、今まで信じていた紋章の特徴に関して、急に違うと言われても戸惑うよな。

見直そうとしているだけ、この学園はかなり柔軟性がある方だと思う。

「あと、失格紋に特殊な試験を科すとなると、上……それも学園より、さらに上の方からの反発も強いらしい」

この学校に来てから、失格紋への差別はほとんど感じた覚えがないのだが……それでも、やはり問題があるのか。

次期当主選定基準でマイナス二百点されているだけのことはある。

あれって実質、失格紋は貴族当主になるなって意味だろうし。

「さて。テストに戻るか。次は誰だい？」

「じゃあ、私がいきます！」

次に手を挙げたのは、ルリイだ。

ルリイは無詠唱で魔法を作り、的を順番に壊していく。

五発の魔法で、的は全て壊れた。

「文句なしに合格だ。じゃあ、次はアルマだな」

「ルリイ達を見てると、全然追いつけてなくて心配になってくるんだけど……えい」

言いながら、アルマは的に攻撃を当てていく。一つの的に二発の魔法が必要なようだが、威力や精度はそこそこ安定しており、危なげなく全ての的を破壊した。

「残り二人がおかしいだけで、アルマの魔法も十分強いぞ。これを不合格にしていたら、去年の一年生は全員留年だ。……合格！」

「やった！」

どうやら、全員無事に試験に合格できたようだ。
まあ、元々あまり心配はしていなかったが。
一番心配だったのは、校庭の耐久性だ。

「これで君たちはダンジョンには入れる訳なんだが、最初の何回か……これなら三人で潜っても大丈夫だと思えるまでは、教員が同伴しなきゃならないことになったんだ。いつにする？」
「それって、今日でもいいんですか？」
「今日!?」
「いきなり行って、大丈夫なんですか？」

「大丈夫だと思うぞ。魔力反応的にも、見える範囲には大した魔物なんていないし。問題は同伴だけど……」

「もちろん、今からでも大丈夫だ。君たちなら問題ないと思っている。でなければ許可は出さないさ。ついてきてくれ」


先生の方も、問題ないようだ。

さっそく俺達を、ダンジョンへと案内してくれる。

そうしてたどり着いたのは、金属製の門が取り付けられた、洞窟《どうくつ》の入り口だった。

「さて。ここからはダンジョンだ。表層に強い魔物がいないとはいっても、学園内のように安全が確保されているわけではないし、場合によっては普通に死ぬ。実際、この学園での死者のうち、八割はこのダンジョンが原因だと言われている。くれぐれも注意は怠らないように。それと、危ないと思ったらすぐにでも引き返すことだ」

「「「はい！」」」


先生の言葉に返事をし、俺達はダンジョンへと足を踏み入れた。

ダンジョンというのは、洞窟などの特徴的な地形に魔素が集まり、魔物が発生しやすくなった場所のことだ。

ダンジョン化した洞窟は自ら地形を変え、魔素の量や質によっては一種の生き物のように振る舞うこともあるのだが……

このダンジョンの表層は、そういう性質はなさそうだ。ダンジョンの壁は魔力を通しにくいため、今の探知能力では深層まで探ったりはできないが。


「おっ、早速魔物がいるみたいだな」


迷宮に入ると、すぐに魔物の反応が見つかった。

まっすぐ行って、一つ目の角を曲がった先に、ヤドカリのような形をした魔物がいる。

「え？　魔物とかいないように見えるんだけど、ボクの索敵《さくてき》が下手《へた》なの？　一応、目はよかったはずなんだけど……」

「私も見えません……」

「ああ。まだ見えないぞ。角を曲がった先だからな」

本格的な探索を始める前に、【受動探知】なんかも教えておく必要があるか。

これを知っているのと知っていないのとでは、大違いだからな。

まあ隠蔽《いんぺい》されると分からなかったりするので、頼りすぎも問題なのだが。


「ちなみに、どんな魔物ですか？」

「ヤドカリみたいのだ。ちょっと捕《つか》まえてくる」


俺はそう言って加速し、角を過ぎたところでヤドカリの魔物を捕まえて戻ってきた。

もちろん事故が起きたりしないように、魔法でちゃんと拘束してある。

とても弱い魔物なので、恐らく身体強化して殴るだけでも倒せるだろう。


「いくら弱い魔物とはいっても、油断はするなよ……といいたいところだが、マティアス君の場合魔物を素手《すで》で捕まえてきても全く油断しているように見えないんだよな……。とりあえず二人とも、真似《まね》はするなよ」

「はい！」

「したくても、できないよ……」


先生の注意に、二人が返事をする。

まあ、油断しないのは大事だな。

弱い相手に気を張りすぎても、大事な場面で集中力が発揮できない可能性があるので、気を抜ける場所では適度に気を抜くことも大切なのだが……それは戦闘に慣れてからやることだろう。
初心者のうちは、常に限界まで集中するくらいで丁度《ちょうど》いい。

「まあ、そういうことだから、とりあえずこいつを練習台に使ってみよう」

そう言って俺は、拾ってきたヤドカリを掲《かか》げる。

「アルマ、ちょっとこいつに向かって、矢を放ってみてくれ」
「その魔物、殻《から》に隠れてるよね？　いくらこの弓が強くても、殻ごと倒すのは厳《きび》しいと思うけど……」
「ああ。それを確認するためにやるんだ。多少狙《ねら》いが逸《そ》れてもこっちで調整するから、遠慮なく射るといい。早くしないと他の魔物が来るぞ」

まあ、ここに当分魔物が来ないことは、【受動探知】で分かっているのだが。

「人が持ってる的に矢を射るのって、すごく抵抗があるんだけど……まあ、マティ君なら大丈夫か。えい！」

ビュッという鋭い音とともにアルマの放った矢は、俺がヤドカリを動かすまでもなく殻のど真ん中に命中し、わずかに傷をつけた。

しかし、殻を突き破るには至らなかった。この程度の弓で貫けるほど、魔物の甲殻《こうかく》は甘くない。

「じゃあ、次は魔力を込めて射ってみてくれ。普段魔法を撃つときみたいな感覚で、矢に魔力を集めるんだ」

「えっと……こうかな？」

アルマの言葉とともに、アルマの魔力が矢へと集まっていく。なかなかセンスがあるようだ。

「それで矢を射ってみてくれ」

「分かった。いくよ！　えい！」

今度の矢はヤドカリの殻を砕《くだ》き、本体に深々と突き刺さった。

殻を破られればさほど生命力の高くないヤドカリは、その一撃で絶命する。

「えっ、嘘……」

「今のが弓への魔力付与で一番基本となる、【単純魔力エンチャント】だ。矢に使うエンチャントとしては一番基本になる魔法だから、沢山使って慣れようか」

そう言って俺は収納魔法から追加の矢を取り出し、アルマに渡す。


「……あれ？　今、矢はどっから出てきたの？」

「収納魔法」

「それってまさか、空間系収納魔法……？　あれって伝説上の存在なんじゃ……」

「現実の存在だぞ。重い物を収納すると魔力最大値がだいぶ減るし、意外と不便な魔法だけどな」

「重い物って？」

「ああ。王都に来るときに倒したワータイガーを詰めたら、魔力を半分食われた」


おかげで、危《あや》うく素材を燃やしかけたくらいだ。

というか行商人の人が言っていなかったら、確実に燃やしてたな。間違いない。


「ワータイガーって、天災級の魔物なんじゃ……」

「うん、ごめん。マティ君に常識を求めたボクが間違ってた」

「このパーティーに、僕が同伴する必要ってあるのかな……。まあ、規則だからついていくしかな

いんだけど……」
「ワータイガーくらい、すぐに倒せるようになるよ。……さて、次いくか。とりあえず、あっちに魔物が多いな。魔力の流れからして、次の階層への道も同じ方向だ」

ダンジョンの多くは、『階層』と呼ばれる多層構造を持っている。
各層の間は階段のような地形や、崖《がけ》や滝などでつながれ、同じ階層の中では、魔物の強さはそう変わらないことが多い。

そういう意味で、ダンジョン内の探索は、ダンジョン外に比べて安定しているといえるかもしれない。森や海のように、普段とはかけ離れた強さの敵が急に出てくることが少ないからな。
まあ、そういうことは少ないというだけで、全くないかといったらそういうわけでもないのだが。

「じゃあ、ここから先は二人で索敵をして進んでみてくれ。やばそうな場所があったら、俺が前に出るけど」
「もうこれ、誰が同伴者だか分からなくなってくるな……」

そんな会話をしつつ、俺達はダンジョンを進んでいった。

「おっ、ちょうどいい部屋があるな。あそこだけ潰して、引き返すか」

ダンジョンに入ってから一時間ほどが経《た》った頃、俺は面白いものを見つけた。

初日に、第一階層でこんな部屋に出会えるとは珍しい。しかも、これは恐らく当たりだな。かなり魔物の多いタイプの、モンスターハウスだ。

「ちょうどいい部屋？」

「モンスターハウスってやつだ。先生、あれを起動しても問題ないですよね？」

「……モンスターハウス？　外から見分けがつくのか？　確かに、なんとなく魔物っぽい気配はするが……」

「【受動探知】を使えば、割と簡単に」

「【受動探知】か……。入学式の日に聞いたけど、習得できた先生は少ないんだよな……。まあマティアス君がいる安全な状況でモンスターハウスに挑めるのは、いい経験だろう」

そうか。先生もまだ、無詠唱魔法を使い始めたばかりだったな。

【受動探知】は魔力の反応を理解する必要があるので、無詠唱魔法とセットのようなものなのだ。

まあ、無詠唱魔法を使えるようになれば、【受動探知】を覚えるのは難しくない。実際に先生は、すでに魔力の気配を少しは感じているようだし。

とりあえず、先生の了解が得られたので、俺はモンスターハウスを起動することにする。

「モンスターハウスっていう名前だが、モンスターハウスにもともと魔物はいないんだ。でも、こうやって衝撃を加えると――」

そう言って、俺は石を投げる。

石が地面に着くと同時に、部屋の地面から数百ものヤドカリ魔物が姿を現す。

「魔物が出てくるわけだな。基本的にモンスターハウスは迂回《うかい》するか、外から起動した方がいい。素通りしようとしたりすると、囲まれることになるからな」

まあ、俺としては絶好の経験値稼ぎ場なので、迂回なんてあり得ないわけだが。

モンスターハウスというのは、迷宮の中でも特に魔素の濃度が濃くなり、一種の過飽和状態になっている場所のことだ。

そこに人が立ち入ったり、物や魔法が投げ込まれたりして衝撃が加わると、その魔素が一気に結晶化して魔石となり、魔物を形作る。

多くの場合は小部屋という形になるが、たまに地形にちょうどいい条件が揃ったりすると、普通の通路にもできることがある。


「これ、攻撃していいんですか？」

「ああ。って言うか攻撃しないと、向かってくるぞ」


そう言っている間にもヤドカリ魔物は、通路を埋め尽くすようにして一斉にこちらへと向かってくる。


「いくら撃っても、全然数が減らないんですけど！」

「わわ、押し切られる！」

「落ち着いて、少しずつ後退しながら先頭付近の魔物を狙うんだ！　前にいる魔物が止まれば、後ろを足止めできる！」

「そ、そんなこと言われても……」

「っていうか一匹ずつだと、弓じゃ追いつかないよ！」

そう言ってアルマは弓をあきらめ、魔法で魔物を狙いはじめた。

しかしいくらヤドカリ魔物が弱いとはいっても、一応は装甲を持った魔物だ。ほとんど訓練を積んでいないアルマの魔法では、直撃しても倒すことができない。

あっという間に討伐は追いつかなくなり、戦線が崩れ始める。


「まあ、今くらいの戦力でモンスターハウスに突っ込むと、こんな感じになるわけだ」

「ちょっ、のんきに解説してないで、手伝ってよ！」

「だんだん距離が詰まってきます！　逃げていいですか！」


そろそろシャレにならなさそうなので、俺も手を出すことにした。

魔法で二人の頭上を飛び越え、ヤドカリ達の上から炎魔法で絨毯《じゅうたん》爆撃する。

最後に残った一匹を壁に向かって蹴《け》り飛ばして、討伐完了だ。

狭い通路では、第四紋はとても使い勝手がいい。魔物が散らばらないから、群れが相手でも射程内に相手を入れやすいからな。


「とまあ、こんな感じだ。ヤドカリは足が遅いから逃げればいいけど、足が速い魔物だと大変なことになる。……この学園で出るっていう死者も、大体これが原因じゃないですか？」

「その通りだ。同伴者付きの期間中に、モンスターハウスについても解説することになってたんだが……仕事がなくなったな」

「一回目から、ハードすぎるよ……。本格的な探索は、練習した後じゃなかったの？」

「魔力を鍛えられるのはいいですが……できれば、もうちょっと穏便な方法で……たとえば付与とかでお願いしたいですね……」

「無詠唱魔法は付与の基本だし、付与魔法師にも戦闘力が必要になる場面は多いんだ。……とりあえず来月までに、この群れを一人で軽く殲滅《せんめつ》できるくらいになれるように、これから練習しようか！」

「そ、それって人間に可能なの……？　しかも一ヶ月とか……」

「可能だ。それが終わったら本格的にダンジョンに出て、付与や単純魔力以外のエンチャント魔法を始めよう」

「が、がんばります！」

「確かに、この弓の魔法がもっと強くなるなら、ボクでも何とかなる気がしてきた！　ボク、がんばるよ！」

第六章

chapter 6

……そして、およそ一ヶ月後。

ルリイ達と訓練を始めてから、およそ一ヶ月後。
全校生徒が集められた集会で、エデュアルト校長が口を開いた。
今日は対抗戦の、代表が発表される日なのだ。

「これより、対抗戦の代表を発表する」

その声を聞いて、二年生達は顔を見合わせた。
無理もないだろう。普段の代表は二年から選定され、誰《だれ》が代表となったかは、発表よりずっと前に分かっているという話だ。
しかし今年に限って、その情報がなかったのだから。

「リーダー　一年Aクラス、マティアス！」

「はい！」

呼ばれた俺《おれ》は、返事をして前に出る。


「え？　一年……？」

「規則上はアリだったはずだが、一年が出たなんて話、聞いたことないぞ……」

「しかも、失格紋だぞ。大丈夫なのか？」

「もしかして、対抗戦があまりにも勝てないから、勝負を捨ててかかってるんじゃ……」


俺を見た二年生の反応は、困惑と同情だった。

新入生に代表の座を取られたというのに、その感情にほとんど怒りは含まれていないようだ。


まあ、この理由は何となく察している。

なんでも第二学園は、対抗戦に三十四連敗しているらしい。

そんな大会に出させられる代表は貧乏《びんぼう》くじであり、一応名誉ということになっているものの、誰もなりたがらないという話だ。

二年生たちは、校長が勝負を捨てて俺を選んだと思っているようだ。

「メンバー、一年Aクラス、アルマ！」

「はい！」

「メンバー、一年Aクラス、ルリイ！」

「はい！」


三人目の代表であるルリイの名前が呼ばれると、二年生の騒ぎは最高潮に達した。


「校長、そりゃないぜ！」

「一年生の子達を対抗戦に出すなんて、あり得ない！　だったら俺が代わりに出る！」

「俺もだ！　一年生を犠牲にして、俺達だけ安全な場所にいられるか！」


一年生には無詠唱魔法のことがある程度知られているので、さほどの騒ぎにはなっていない。

実績が出る前に反発が出て潰《つぶ》されたりしないよう、あまり無詠唱魔法のことを表に出さなかった弊害か。


……ちなみに二年生は対抗戦が危険であるかのような言い方をしているが、基本的に対抗戦は安全だ。

なんでも王都の闘技場には、互いの体に二重のバリアを張り、外側の一枚が壊れることを敗北条件に設定し、怪我《けが》することなく模擬戦を行える設備があるらしく、対抗戦はそこで行われるのだ。

ただ、それでも精神的な負荷まで無効化してくれるわけではないので、トラウマになってしまう生徒はいるようだ。


詠唱魔法と比べると、不自然なまでに性能の高い設備だが……なんとなく、前世の俺がいた時代の遺物のような気がする。

当時の文明はほとんど滅びてしまっているようだが、一時期は『三千年後の未来に誇れるレガシーを作ろう！』などというスローガンのもと、無駄に頑丈《がんじょう》な競技場などを作るのが流行《はや》っていたので、その頃《ころ》のものかもしれない。

起動は極めて簡単なはずなので、詠唱魔法でも何とかなりそうだし。


……だとしたら、かかっている魔法は恐らく鉄壁といえるほどのものではないな。

施設によって個体差はあるだろうが、俺が剣に魔法を乗せて真面目《まじめ》に攻撃すれば、簡単に貫ける強度だろう。

間違って怪我をさせてしまわないよう、注意しなくては。


「静粛《せいしゅく》に！」

騒がしくなっていた生徒達を、校長が一言で黙らせる。

「私は別に、勝負を捨てたわけではない。むしろ、今年は勝てると思っている」

「それってその子達が、私達二年生よりも強いってことですか？」

「そうだ。設備がないから、魔法での模擬戦はできんが……とりあえず、魔法の威力を見るがいい」

言いながら校長が目配せをすると、先生方が校庭の空いた場所に的を運んできて、横に三つ並べる。


「いきます！」


宣言したルリイが、炎魔法を一発放つ。

炎魔法は真ん中の的に当たって爆発し、三つの的をまとめて吹き飛ばした。

「すげえ。マジかよ……」

「第一学園の栄光紋を、力押しでねじ伏せられる威力じゃないのか……？」

「これだけじゃないぞ、次！」

今度は先生方が、三枚の的を縦一列に並べた。アルマの位置から見ると、的が全て重なるような配置だ。

その的を見て、アルマは弓を取り出し、魔力を込めて矢を射ち出す。

アルマの放った矢は三枚の的をまとめて貫き、更に数十メートル飛んで校庭に落下する。

ちなみに、練習を始めた頃にはルリイの方が大分上だった魔法の威力は、すでにほとんど拮抗《きっこう》している。

二人とも魔力量などはある程度鍛えられていたため、この短期間で第二紋が第一紋に追いつくほどの成長を見せたのだ。

「まあ、こういうことだ。どうしてこんなことになっているのかは、対抗戦が終わった後で説明しよう」

それを聞いて生徒たちは、また騒ぎ出す。

今度は、魔法Aクラス以外の一年生も騒ぎに加わっているようだ。

「マジか…… ってか、今詠唱なくなかったか?」

「聞き逃しだろ。しかしあの弓、どんな剛弓なんだ……?」

「今年の一年って、化け物の集まり……？　何か新しい授業が導入されたって聞いたけど、まさか一年はみんな……」

「いや。あそこにいる二人が特殊なだけだろ。あれでもリーダーになれないとか、あのマティアスって何者なんだ……」

「一年の知り合いから、入学試験で二百五十点くらい取った奴《やつ》がいるって聞いたぞ」

騒ぎが収まり始めた頃、校長が再度口を開く。

「ちなみにマティアスの力は、本番で見てのお楽しみだ。最初から全部分かっていたら、面白《おもしろ》くないだろう？」

そう言ってエデュアルト校長は、ニヤリと笑った。

「以上三名が、今回の対抗戦を戦うことになる。勝ちにいくぞ！」

「これが、王都闘技場か……」

対抗戦当日。

俺は先生や他《ほか》のメンバーと共に、王都闘技場へと向かっていた。

生徒達が応援してくれるという話だが、応援組は別行動のようだ。

「マティくん、見たことなかったんですか？」

「ああ。というか、俺が王都で知ってる場所なんて、学園くらいだぞ。あと、例の鍛冶屋《かじ》か」

闘技場で行われるのは、主に詠唱魔法を使った模擬戦や見世物らしいし、あまり興味がなかったのだ。

まあ、かかっている魔法は俺の予想通りのようなので、特に問題はない。

「そういえば、マティくんの知識ってだいぶ偏《かたよ》ってましたね……。今年は、『魔法の申し子』がいないといいんですが……」

「魔法の申し子？」

なんだその神々《こうごう》しい名前は。聞いたことないぞ。

「第二学園に強い人がいて、勝てそうだった年って何回かあるんです。でもそういう年には、いつもそれ以上に強い人が第一学園のリーダーで……」

「毎回あり得ないほど強いから、『魔法の申し子』とか呼ばれてたんだよね。確か先代の魔法師団長も、その一人だったはず。……まあ、いくら『魔法の申し子』でもマティ君に勝てる相手がいるとは思えないし、大丈夫だと思うけどなー」

なるほど。それで『魔法の申し子』か。異常に強い奴が現れるのは前世でも時々あったが、ずいぶんとタイミングのいいことだな。

あり得ないくらい、というのがどのくらいかは知らないが、まあ見てみれば分かるだろう。

むしろ多少は強くないと、戦闘時間が短くなりすぎて無詠唱魔法の力を見せられない可能性がある。

できれば、ほどよい強さの敵が出てきてほしいものだ。

そう考えながら、俺は控え室に向かったのだが……。

◇

「なあ。魔族って、人類と敵対してるんだよな?」

「今も昔も、人類最大の敵っていったら魔族だけど……それがどうかしたの?」

何を当たり前のことを、という顔でアルマが答えてくれる。

「いや、ちょっと気になっただけだ。それはそうと、いるみたいだな。『魔法の申し子』。確かにあれは化け物だ」

魔力の反応をうかがいながら、俺はつぶやいた。

第一学園と第二学園の控え室の間の距離は百メートルもないため、魔力を探るのはそう難しくない。

あれが『魔法の申し子』だとしたら、ルリイの言う通り、確かに他の生徒とは一線を画した力を持っているようだ。

「第一学園の控え室の方から、強いというか……異質な力を感じる気がします」

「ほんとだ。……っていうかボク、あれが人間の魔力だとは思えないんだけど……マティ君から見ても化け物ってことは、相当やばい？」

一ヶ月の時間をかけて、【受動探知】を練習しただけあって、二人もこの魔力のおかしさに気付いたようだ。

魔力量は、だいたい俺の十倍といったところか。

確かに、正真正銘の化け物が――というか、魔族がいる。

魔力の反応からして、おそらくは擬態《ぎたい》が得意で、防御力の高いタイプの魔族だ。攻撃が得意なタイプではないのが、せめてもの救いか。

本来は魔力反応も隠し通す能力を持っているはずだが、【受動探知】が廃《すた》れた今、隠す必要がないのだろう。


「二人とも、よく聞いてくれ」

「どうしたんですか?」

「敵のリーダーがもし俺の予想通りの相手だとしたら、かなり危険だ。だから二人には『魔法の申し子』以外の二人を倒すか俺が合図したら、とりあえず逃げてほしい。あとは俺がやる」

「でも、闘技場には防御魔法が……」

「防御魔法ごと貫かれる可能性がある。単純な魔法出力なら、向こうは俺より大分上のはずだ」

「マティ君より上って、それもう人間じゃないんじゃ……」


人間じゃないからな。

ただ、俺が敵の正体に気付いていることを、できるだけ敵に知られたくない。

だから、今は警告を伝えるだけにしておく。

ここまで話したところで、闘技場の方から歓声が聞こえた。

続いて、控え室の扉が開く。

「時間なので、入場をお願いします」

「とりあえず、リーダー以外の二人を潰せばいいんだよね？」

「で、その後逃げる……と」

「そういうことだ。じゃあ、行くぞ！」

開かれた扉から、俺達は闘技場に出た。

ほぼ同時に係員が魔法を詠唱して、俺達三人に防御魔法がかかった。

予想通り、俺が剣に魔法を付与して攻撃すれば、二枚まとめて貫ける程度の防御魔法だ。

魔族の魔法でも同じだろうし、ルリイたちももう少し練習すれば、二枚とも破れるようになるだろう。

アルマに単純魔力以外のエンチャントを教えれば、今すぐにでも破れるかもしれない。

詠唱魔法が相手なら、基本的にはこれで十分だったのだろうが……強度不足感は否《いな》めないな。

「おい、失格紋がいるぞ！」

「本当だ！　失格紋だ！　しかも何だその格好、戦う格好じゃないぞ！」

「おい失格紋、ここはお前のような奴が来る場所じゃないぞ！　いくら落ちこぼれの第二学園とはいっても、よく入学できたな！」


俺を見るなり、魔族が叫《さけ》んだ。

同調して残りの二人（両方とも、栄光紋だ）が声を上げ、第一学園側の生徒達が集まっていると思《おぼ》しき観客席から、どっと笑い声が上がった。

魔族は偽装魔法を使って魔族の特徴を隠し、さらに栄光紋に似せた模様を体に浮かび上がらせている。


それに対し、第二学園の生徒達がヤジを飛ばし返す。

剣を扱おうともしないチキン野郎がどうとか、好き放題言っているようだ。


確かに第一学園の生徒たちは、第二学園とは違い武器を持っていない。

代わりに防具は、ミスリルで固めているようだ。この闘技場の防御魔法は攻撃を肌の直前で弾《はじ》くタイプのようなので、多少は効果が見込めるかもしれないが……ルリイとアルマの魔法の威力を考えると、一撃で結界が破れることに変わりはなさそうだ。

随分と失格紋を見下しているようだが……向こうは遠距離の詠唱魔法専門なのだろうか。

ちなみに観客は両校の先生と生徒、それと魔法関連の偉い人だと思われる、魔法使いらしき人が十数人いるだけだ。

そのため、広い会場はほとんどが空席だ。


「あの！　失格紋だからって……」

「ルリイ、かばってくれてありがとう。でも、こいつらに言っても無駄だと思うぞ」


ルリイが俺をかばってくれた。

アルマも何か言いたそうにしていたが、俺はそれを止める。


わざわざ敵に、俺が強いと教えても仕方がない。

今の俺にとって、敵の魔族はそこまで油断できるような相手ではないのだ。

魔族は今のところ人間のふりを続けるつもりでいるようだが……どう出てくることやら。

「確かに、人の紋章を見ていきなり笑うような連中に何を言っても仕方ないよね。ボク、無駄なことをするところだったよ」

「ふっ。何を言おうが、失格紋が栄光紋に勝てるものか。失格紋なんぞをかばおうとするお前らも同類だ。まとめて吹き飛ばしてやろう」


ここまで話した……というか、罵《ののし》りあったところで、間に審判が入ってきた。

「これより、対抗戦を始めます！　両者、規定の位置まで移動してください！」


審判が指し示した先には、円が書かれていた。

第一学園用と第二学園用、合わせて二つの円が、二十メートルほどの間を開けて描かれている。

間合いがあらかじめ決めてあるのは、剣を扱えない第一学園側への配慮だろうか。

ちなみに、近付いてはいけないというルールがないのは確認済みだ。

弓や剣といった武器も、ちゃんと使っていいことになっている。


「両者、準備はいいですか！」

「第二学園、準備大丈夫です！」

「栄えある第一学園の代表は、このような連中を倒すのに準備など必要としない！」

この魔族は、言い方が一々嫌味だな。

まあ、丁寧な言葉遣いの品行方正な魔族など、いるはずもないのだが。

「第六十五回王立学園対抗戦、試合開始！」

「よし、いくよ！」

試合開始と同時に、俺は前に出る。

アルマは弓に矢をつがえ、ルリイは魔法を構築しはじめた。

「「「我が体に満ちる火の魔力よ――」」」

敵は三人とも、魔法の詠唱を始める。

いや。その表現は正確ではないだろう。魔族の魔力は、詠唱を始める前から動き始めていた。

つまり魔族は、詠唱のふりをしているだけだ。

走って距離を詰める俺の横を、矢と魔法が通り過ぎていく。

それらは敵のうち、魔族を除いた二人に見事命中し、二枚ある防御魔法のうち外側を、防具もろとも破壊した。

「レイシス、ギアース、共に失格！」

「なっ……」

観客席から、驚きの声が漏《も》れる。

これで、残り一人。

後方の気配を探る限り、アルマとルリイはちゃんと逃げる態勢に移ってくれているようだ。

「おらぁ！」

魔族が詠唱のふりを終え、魔法を放った。

雑魚《ざこ》とはいえ、味方が全員倒されたというのに、動じた様子は全くない。

ルリイとアルマの魔法を見て、嫌そうな顔を浮かべたのは見えたが、それはどちらかというと、無詠唱魔法に対するものに見えた。

そして、魔法の対象は——アルマとルリイだ。

同時に発動された、二発の魔法。

しかも、込められた魔力の量が本気だ。明らかに、防御魔法をまとめて破壊しての『事故死』を狙《ねら》っているとしか思えない威力である。

まあ、命中すればの話なのだが。


「はっ！」

「よっ……と！」


二人は、魔族の放った魔法を魔法による跳躍で回避した。

熱気を伴った爆風が俺の元にも届くが、俺達は全員無事だ。

ここ一ヶ月で二人に教えた魔法には、回避のために使うものも含まれている。

二人はそれを使って魔族の放った魔法を避け、控え室の方へと走り去った。

「す、すげえ！　なんて威力だ！」

「デビリスの魔法って、あそこまで強かったのか！　一対三でも勝っちまうんじゃないか？」

どうやら、魔族の名前はデビリスらしい。

観客は、今のが偽《にせ》の詠唱魔法であることに、全く気付いていないようだ。

「っていうかあの二人、逃げてるぞ！　だせえ！」

「やっちまえ、デビリス！」

俺は観客の声を無視して、デビリスの首へと剣を突き込んだ。

魔法はあえて付与しない。この攻撃ではどうせ仕留められないので、少しでも魔力を温存するためだ。

しかし、魔族にとっても弱点となる、首への攻撃だ。

デビリスとしても無視はできないらしく、軽い移動魔法を発動し、俺の攻撃を避《よ》けた。

――しかも、無詠唱で。

「おい。詠唱はどうした？」

俺の言葉に、魔族は顔を歪《ゆが》めた。どうやら、隠蔽《いんぺい》の失敗に気が付いたらしい。

「火の魔力よ！」

極めて投げ遣《や》りかつ短い詠唱とともに、俺に向かって殺意の籠《こ》もった魔法が放たれる。

俺はそれを跳躍魔法で回避し、少しだけ距離を取る。

無詠唱で魔法を使える魔族が、わざわざ詠唱の振りをする。

……これではっきりしたな。


――詠唱魔法を流行《はや》らせたのは、恐らく魔族だ。


そう考えると、第一紋の優遇や第四紋の冷遇にも納得がいく。

魔族にとって人類の魔法は弱い方が都合がいいし、魔族にとって相性の悪い第四紋には、魔法などを使ってほしくないだろう。

魔法の評価基準を決められる立場に潜り込めば、第四紋を冷遇するのは簡単だ。

ただ魔法の評価に使う的を、遠くに置けばいいだけなのだから。

なぜそんな工作に頼って、いきなり人類を滅ぼしにかからないのかという疑問は残るが……恐らく、魔族の勢力が足りないのではないだろうか。
もともと魔族は繁殖力が低い上、前世の俺が絶滅レベルまで追い込んだのだ。時間が経《た》った今でも、まだ数が増えていない可能性はある。

実際、転生してから魔族らしい反応を見たのはこの魔族が初めてだ。
そしてこの魔族自身も、そんなに戦闘経験が豊富なようには思えない。
詠唱する振りの件を除いても、魔族としてのスペックを、戦闘に生かし切れていない。

そこまで考えたところで、俺は魔族に向かって剣を構えながら、三つの魔法を構築した。

構築した魔法のうち一つは、【魔力撃】。これは囮《おとり》だ。
二つ目は、【魔力隠蔽】。文字通り、魔力を隠蔽するための魔法。
そして三つめにして本命、【魔力隠蔽】に隠された魔法が、【魔法破壊】だ。

「くっ……炎よ！」

デビリスは俺の【魔力撃】に気付き、魔法を使い、自分の周囲に炎の壁を築くことで俺を遠ざけようとした。

第四紋の近接戦闘に対する対策としては、極めてオーソドックスな方法だ。

しかし、だからこそ突破方法も確立されている。

その中でも俺は、最も単純な方法を選択した。

つまり、正面突破だ。


「なっ……」


魔法による炎へと躊躇《ちゅうちょ》無く飛び込んだ俺の姿を見て、デビリスが驚きの声を上げる。

やはりこの魔族、戦闘経験が足りていないようだ。

炎で壁を築くのが有効なのは、ごく短時間の時間稼ぎか、自分の魔力制御力が相手を上回っている場合に限る。


こういった魔法を制御力を考えずに使うと、何の役にも立たないどころか、自分の放った魔法が自分へと牙《きば》をむくことになる。

たとえば、このように。


俺は炎に飛び込みながら、周囲にあるデビリスの魔力に自分の魔力を混ぜ、制御を奪い取ってデビリスへと襲いかからせる。

壁の全てを崩すには至らないが、俺一人が通るには十分すぎる隙間《すきま》が空いた。

「な……なぜだ！」

デビリスは防御魔法で炎を相殺《そうさい》し、さらに【魔力撃】が込められた剣を再度の防御魔法で受け止める。

しかし、この二つの魔法を防ぐことを強いられたことで、デビリスは追加の攻撃を防ぐ余力が無くなっていた。狙い通りだ。

「戦闘が、下手なんだよ！」

俺は無防備になったデビリスへと、隠蔽をかけた【魔法破壊】を撃ち込む。

【魔法破壊】は乾いた音とともに、デビリスにかけられた二枚の結界と、姿を偽装するための魔法をまとめて破壊する。

「おい、何が起こったんだ！」

「ハイレベル過ぎて、見えな――あれって、魔族か⁉」

「ま、魔族がいるぞ！　デビリスはどこに行った！」

「あの魔族、デビリスの防具をつけてるぞ！　まさかデビリスが魔族……」

「正体なんてどうでもいい、町中に魔族が現れたんだぞ！　急いで王宮と魔法師団、それと騎士団に連絡を！　教師陣で時間を稼ぐから、生徒は直ちに避難――」


偽装が破れたことで、観客たちもデビリスが魔族であることに気付き始めたようだ。

観客席が一気に慌《あわ》ただしくなる。


「くっ……」


それを見たデビリスは、もはや隠しきれないと判断したのだろう。

デビリスが魔族に特有の翼を展開し、一気に魔力を注《そそ》ぎ込む。

魔力の動きからして、これは魔法の全出力を移動に割《さ》く状態、全力飛翔――つまり今の状況の場合、撤退の動きだ。

転移魔法を使わないあたり、魔族の弱体化がよく分かるというものだが、もちろん俺に魔族を逃がしてやる気はない。

このレベルの魔族が翼を展開してから離陸するまでには、およそ一秒半かかる。

多少のダメージを与えたところで、一度離陸を許せば、あとは魔力量の差で逃げ切りを許すだけだ。

一撃で勝負を決める必要があるが——それでも一秒半は、十分すぎる時間だ。

俺は手に握っていた剣に加えて、収納魔法から魔石を取り出す。

そして剣と魔石に魔力を押し込み、【斬鉄《ざんてつ》】【衝撃刃】【鋭利化】【剛性強化】をまとめて付与する。

この四つは方法の違いこそあれど、全て斬撃の威力を上げるための付与魔法だ。

——だが、この魔法はもはや付与とは呼べないだろう。明確な失敗だ。

通常あり得ない速度で魔力を押し込まれ、無理矢理魔法を発動させられた剣には、二秒ともたずに自壊する運命が待っている。

この短時間で三つの魔法を同時付与など、本来は第一紋ですら困難な荒技だ。もちろん、第四紋に可能な訳がない。——しかしそれは、付与を維持しようとした場合の話だ。

一秒半というタイムリミットがある今、そこは問題にならない。

付与に〇・八秒かかった。残りおよそ〇・七秒。楽勝だな。

「なっ……」

唐突に魔剣と化した俺の剣を見て、魔族が驚きの声を上げ、防御姿勢を取ろうとする。
しかし無駄だ。途中で防御に切り替えられるほど、魔族の全力飛翔に柔軟性はない。

これで、終わりだ。

俺は身体強化で剣速を上げながら、寿命の残り少ない魔剣に【魔力撃】【斬鉄】【鋭利化】を乗せる。
魔剣としての魔法と、使い手としての魔法はそれぞれ別であるので、魔剣としての付与を行うことによって二重に乗せることができるのだ。

本来魔族を一撃で仕留めるには足りない今の俺の剣も、これだけ魔法を付与すれば、それなりの威力を出すことができる。

【魔力撃】【斬鉄】【斬鉄】【鋭利化】【鋭利化】【衝撃刃】【剛性強化】。

五種類、延べ七つの魔法で強化された剣はデビリスの体をミスリルの防具ごとやすやすと切り裂き、心臓を破壊する。

魔族の体は人間と構造が似ており、弱点も似ている。

つまり基本的に、心臓さえ壊してしまえば倒せるということであり、デビリスもその例外ではなかった。

デビリスの体に蓄えられた魔力が制御を失って周囲に拡散し、デビリスが力を失う。

「倒した……のか……？」

「まさか魔族を、たった一人で……入学試験で騎士団長に勝ったとは聞いていたが……」

周囲の人々もデビリスが倒されたことに気付いたようで、周囲はさっきまでとは別の意味で騒がしくなり始めた。

「マティくん！　無事ですか⁉」


討伐から少しの間を開けて、魔族を倒した俺《おれ》の元に、ルリイが駆け寄ってきた。

そして、そのまま抱きついてくる。


本来、無事を確認するのであれば、抱きつくより外から観察すべきだと思うのだが……個人的には、こっちの方がいいな。

どうやらルリイの膨《ふく》らみは、見かけ以上に育っているらしい。

魔力の反応などで、元々そんな気はしていたのだが、実際に密着してみると、そのことがよく分かる。

うむ。これはいいものだ。


……しかし、この場にいる全員がそう思っているわけではないようだ。

特に、ルリイに少し遅れてついてきた、アルマの視線がそれを物語っている。

あと、まだ避難を完了しておらず、今の状況を観客席から見ている男子生徒たちの敵意——というか、殺意が。

殺意の方は、前世の時点で向けられ慣れているせいか、あまり気にはならないが。

「あの、ルリイ？」
「だ、大丈夫そうです！　アルマ、マティくんは無事ですよ！」
「いや、それはいいんだけど……ルリイ、今の状態、気付いてる？」
「……あっ！　私ったらなんてことを！」

ああっ、また余計なことを！
アルマの発言を聞いて、ルリイは俺から離れてしまった。

……うん。本格的に迷宮での訓練を始めたら、アルマには単独でモンスターハウスに突っ込んでもらうことにしよう。
これは私怨《しえん》では無い。一気に経験値を稼《かせ》げる、有効な訓練だ。

「ま、魔族の死亡を確認！」

「待て、触るな！　状況の保存を優先するんだ！　罠《わな》が仕掛けられている可能性もある！」

それから少しすると、今度は騎士団やら宮廷魔導師やらが集まって来て、辺り一帯は一気に騒がしくなった。

しかし、王立学園の代表枠にまで魔族が入り込んでいるか。

どうやら今の世界の状況は、かなり深刻なようだ。

とりあえず、俺が本格的に強くなる前に人類が滅んだりしないよう、対策を取る必要があるな。

——手始めに、学園生にも魔族を倒せるようになってもらうか。

あとがき

はじめましての人ははじめまして。

web版や前作からの人はこんにちは。進行諸島《しんこうしょとう》です。

さて。私が本を出すのも、これで二シリーズ目となりました。

GAノベル様から出させていただくのが、これが初めてです。

初めて書籍化した際には、二シリーズ目を出させていただけるなど思ってもいませんでしたので、感慨《かんがい》深い思いです。

しかも、発売前にコミカライズが決定するだなんて！

可能であれば、ここから数十ページに渡って喜びの言葉を書き連《つら》ねたいところなのですが、需要《じゅよう》は限りなくゼロに近いと思われますし、そもそもページ数がございません。

ということで、さっそく本編のご紹介に入らせていただきます。

本作品は、魔法の進んだ世界のでさえ圧倒的に最強だった主人公が、魔法の衰退《すいたい》した未来へと転生し、無双《むそう》するお話です。

それと、無双するついでに、常識とか歴史とか色んなものを片《かた》っ端《ぱし》から破壊していきます。

後にはペンペン草も残りません。


……以上です！　紹介、おしまい！


書きたいことはまだあったのですが、後書きから読む方もいらっしゃるようなので、あまりネタバレはできません。

ですので、詳《くわ》しい内容は是非《ぜひ》本編を読んでお確かめいただければと思います。


最後に謝辞《しゃじ》を。

改稿や内容について、的確なアドバイスを下さった編集様。

素晴《すば》らしい絵を描いて下さった風花風花《かざばなふうか》様。

そして、この本を手に取って下さっている読者の皆様。

私が本を出せるのは、皆様のおかげです。

ありがとうございます。

進行諸島

GAノベル

失格紋の最強賢者
～世界最強の賢者が更に強くなるために転生しました～
アニメ化記念限定小冊子付き特装版

2021年12月31日　初版第一刷発行

著者　進行諸島

発行人　小川 淳

発行所　〒106-0032　東京都港区六本木2-4-5
SBクリエイティブ株式会社
03-5549-1201　03-5549-1167（編集

装丁　AFTERGLOW

印刷・製本　中央精版印刷株式会社

ISBN978-4-8156-1375-4
Printed in Japan

ファンレター、作品のご感想をお待ちしております。
〒106-0032　東京都港区六本木 2-4-5
SBクリエイティブ株式会社
GA文庫編集部 気付

「進行諸島先生」係
「風花風花先生」係

本書に関するご意見・ご感想は
下のQRコードよりお寄せください。
※ご記入の際、特殊なフォーマットや文字コードなどを使用すると、
読み取ることが出来ない場合があります。
※中学生以下の方は保護者の了承を得てからご記入ください。
※アクセスの際や登録時に発生する通信費等はご負担ください。

https://ga.sbcr.jp/

魔王様の街づくり！
～最強のダンジョンは近代都市～

月夜涙

イラスト／鶴崎貴大

『ユニークスキル：【創造】が発揮されました。あなたの記憶にあるものを物質化します』

数多の魔王がダンジョンを造り出し、人間の感情を糧とする異世界。新魔王プロケルは先輩魔王に対し、全く新しい方法で人間たちと共存していくことを宣言する。自身のスキル【創造】を使い、配下を生み出した彼の前に現れたのは、Sランクの魔物「天狐」の少女だった。プロケルの知略と最強の魔物たちによって、異世界の常識は大きく変わろうとしていた。